神々の権能を操りし者
ep.2
～能力数値『0』で
蔑まれている俺だが、
実は世界最強の一角～
AUTHOR 黒
ILLUST. 桑島 黎音

CONTENTS

◆◆◆◆

ダッシュエックス文庫

神々の権能を操りし者2

～能力数値『0』で蔑まれている俺だが、実は世界最強の一角～

黒

プロローグ　新たなる希望

―― prologue ――


対校戦。四つの学校から選ばれた選手たちが、特殊な空間内にて己の能力を駆使して戦うバトルロイヤル形式の大会だ。毎年行われるこの大会は、将来有望な能力者を見つけるために大企業のスカウトマンが足を運ぶほどには有名なものである。

どんな金の卵がいるのかという期待を込めて今年の対校戦も始まったわけだが、そこで事件が起こった。

怪物が現れたのだ。

それも、現実ではなく選手たちが戦いを繰り広げている特殊な空間の中に。その空間では一定以上の怪我《けが》を負えば強制的に現実世界に戻れる仕組みになっていたが、怪物の能力による作用なのかシステムは正常に機能せず、その空間での死が現実に直結する可能性が非常に高い、いや、実際にあり得ないことが起こった事実から、ほぼ確実と考えられた。

出現した怪物のランクはそこまで高いものではなかったが、それが複数体現れたとなっては話は大きく変わる。次々に負傷する選手たち、それをモニター越しに見ることしかできない観客、怪物の嗤《わら》い声が響き渡り誰もが絶望した。

そんななか、一人の少年が飛び出した。

選手たちと同じ空間にいた少年。

途中で不可思議な球体に取り込まれた少年。

能力数値『０』の、無能力者であるはずの少年が。

——一秒で終わらせます。

彼は何でもないようにそう言い放ち、怪物のもとへと悠然と歩み始めた。

それからの光景は、実際に見た者でなければ誰も信じないようなものだった。最下級の怪物はもちろん、都市一つを壊滅させるほどの怪物すらも圧倒したのだ。

結果的に死傷者はゼロ。

誰もが歓声を上げ、スカウトマンがその少年について調べるなか、一つの情報が公開された。

その少年——柳隼人《やなぎはやと》が、怪物を討伐《とうばつ》するスペシャリストの集《つど》う、特殊対策部隊に入隊したと。

一章 新天地

――episode.01――


対校戦から二日経《た》ち、怪我《けが》という怪我も特になかった俺はすぐに病院を退院した。特殊対策部隊に入隊するのならもう学校に行かなくてもいいじゃないか。と思ったが、先生方に顔を見せずに去るのはどうかと思い、悩んだ末、今現在学校に登校しているところである。

「ふむ」

おかすぃ～。

おかしいぞこれは、俺めっちゃ避けられてないか？

学校への通学路、いつもならば同じ高校の生徒の一団に紛《まぎ》れるはずが、今日は俺の周囲だけ誰も寄りつかない。強力な電磁波でも放ってるんじゃないかと疑うほどだ。

確か蒼《あお》が言うには掌返《てのひらがえ》しがトリプルアクセルぐらい凄いって話だったはずなんだが……

はっ!?　トリプルアクセルってことは三周回って元に戻ってるじゃないか！

何という巧妙なトリックだ、まったく気づかなかったぜ。
※トリプルアクセルは三回転半です。

いやまあ何も変わってないわけではないんだが。

俺を見る彼らの瞳が以前とは明らかに違う。その瞳が宿すのは困惑、疑惑、そして畏怖。まあ、それらの視線を向けてくるのは俺のことを多少は知っている同学年で、他は興味の視線が大半だろうか。

「何故だ？」

どうして恐れられる？

ただ怪物を倒しただけなんだが。たったそれだけで恐れを抱かれるなら誰も特殊対策部隊に憧《あこが》れたりしないよな？　服部さんが人気であるのがその証拠だ。

う～ん、わからん。

(見下されるよりはましか……)

能力を見せた以上、もう俺は他人に舐《な》められるわけにはいかない。今まで蒼に迷惑かけた分、これからは一切自重などするつもりはない。

…………

今までとは違い堂々たる様、といってもただ背筋を伸ばした姿勢で教室に入る。

クラスメイトは俺を視界に入れると体を少しビクつかせながら顔を寄せ合って小声で会話をする。

何を言っているのかは聞こえないが、俺のことを噂しているのだけはわかる。ちょいちょい視線を向けてきてるからな。どうでもいいので、とりあえず自分の席に座る。

(始業のチャイムまで寝るか)

机に体を伏せようとした時、

「おい、インチキ野郎！　なに堂々と学校に来てんだよ！」

「あん？」

やかましい怒声に体を元に戻しそちらに顔を向ける。そこには高圧的に俺を見下ろすパリピ二号と三号君の姿が。それよりもインチキってなんだ？

今までテストでカンニングなんかしたことはないが。カンニングしてたら補習は受けてねぇよ。

「インチキって何だよ？」

「とぼけんじゃねえ！　ごみカスのお前があんな力持ってるわけねえだろうが！」

「そうだそうだ！　潔《いさぎよ》く退学しろ！」

二人の声にはどこか怯《おび》えの色が含まれていた。息も荒く緊張しているのがわかる。

(なるほどな……)

そこで俺はようやく皆から向けられる畏怖の視線について納得した。彼らは恐れているのだ、今まで見下してきた存在が自分たちに牙を剝《む》くことに。散々馬鹿にしてきたのだ、それ相応の仕返しをされるかもしれない。それがどれほど低い可能性であったとしても、少しでも身に覚えがある者ならば恐れを抱いてしまうのだろう。

だから否定する。

そんなはずはない、こいつは無能力者だ、俺たちよりも下の存在なんだと自身を安心させるために。

まったくもって馬鹿らしい。わざわざ仕返しなんてするわけがないだろう、時間の無駄だ。

——と少し前の俺だったら思っていただろう。

俺は笑みを浮かべる、それを見たパリピが小さく悲鳴を上げ一歩下がる。

こいつらは未《いま》だ俺を舐めているわけだ。蒼の兄を舐めているのだ、その間違いを正さなければいけない。厄介な立場に追い込まれないよう、俺がひた隠しにしてきた能力を明かした今、これからは何者にも見下されるわけにはいかない。利用できる存在だと思われるわけにはいかない。家族に少しでも危害が及ぶことがないように。

どうせ俺は今日限りでほとんど学校に通うこともなくなるだろうしな。

立つ鳥、跡を濁しまくって去ってやろう。

——戦神《マルス》
教室という狭い空間で、突如として現れる絶対的強者の威風に誰もが言葉をなくし、顔を青《あお》褪《ざ》めさせ、尻餅《しりもち》をつく。

「じゃあやろうか」

「な、何だ!? 体が震えて。いや、俺がビビってるわけねえ！ お前は無能力者だ、そうじゃなきゃいけねえんだよ！」

「そう思うならば、思いたいならばかかってこい。その代わり一度手を出せば……生きていることを後悔させてやろう」

「ひっ！ あ、ぁぁあああああ!!」

悲鳴を上げながら教室を飛び出す二人組。途中何度も躓《つまず》き地面を這《は》いながら逃げていった。

……これで、大丈夫だろうか。

もう俺は見下される対象ではなくなっただろうか。やはり一発ぐらい殴って――

「馬鹿たれが」

ポコンっと小気味良い音を立てて俺の頭に何かが当たる。顔を向けると、いつの間にか隣には二階堂《にかいどう》先生が立っていた。その手には出席簿が掲《かか》げられているからそれで殴られたのだろう。

突然のことでしばし唖然とする。頭に上った血が急速に引いていく感覚があった。

「ほら、もうチャイムが鳴ってる。貴様も早く座らんか」

「う、うっす」

「ったく。これじゃまともに授業もできんではないか」

二階堂先生はざっと教室内を見回す。腰が抜けて立てない者や未だ震えている者が数名おり、俺に怯えた視線を送ってくる。

「お前らも早く席に着け、授業の時間だ」

「で、ですが」

「私は早くしろと言っているんだ」

生徒の発言を遮《さえぎ》ると、その眼光で鋭く睨《にら》みつける。

「人を侮蔑《ぶべつ》し見下す暇《ひま》があるなら、授業ぐらいまともに受けろ」

こ、怖《こ》え〜。

睨まれた生徒が恐怖で固まってるよ。さすが【メデューサ】、その二つ名に違《たが》わず睨んだ者を石に変えてしまうのか……

「そして柳《やなぎ》、貴様は放課後職員室に来い」

「は、はい」

おっと、これは指導されちゃう感じですかね。よしっ、土下座の準備をしておこう。

来てほしくない時間ほど早く来る。いつもはやたら遅く感じる授業が一瞬で終わり、放課後となった。俺は二階堂先生の言いつけ通りに職員室だ。せめてもの誠意として、ホームルーム後最速でやってきた。

「ふ〜」

開ける、開けるぞ。いや、まずはノックだったたな。

職員室のドアの前で緊張しながら俺は立ち尽くしていたため、その足音に気づかなかった。

「お？　もう来てたのか」

「ひゃっ⁉」

思わず変な声が出てしまった。振り向けば俺の後ろには二階堂先生が立っていた。授業の資料でも入っているのか、やけに大量な紙の束が入った紙袋を持っている。

「まあ、中に入ってから話そう」

先生に促《うなが》されるまま職員室へと入る。二階堂先生の席はドアの近くで、先生が座ると空いている席に座るよう指示される。

「差し当たって、特殊対策部隊入隊おめでとうと言っておこう」

「え？　あ、はい。というか何で知ってるんですか？」

「まあ、いろいろとこっちに連絡が来てな。正直生徒が死地に赴《おもむ》くことは私としてはまったく許容はできるものではない……しかし、対校戦での貴様の力を見て、私は確かな希望を見たよ。今世界には貴様のような存在が必要なのかもしれない。私から言えることはただ一つだ。絶対に死ぬな」

説教されるのではと思ったが、まったくの見当違いだったようだ。本当に……生徒思いの先生だな。柄《がら》にもなく少し胸が熱くなった。

「そして貴様を呼んだ理由がもう一つ」

先生は背後から一つの紙袋を取り出す。先程先生が持っていたものだ。その中にはやはりずっしりと紙の束が入っていた。

「これ、何ですか？」

「お前がやる全教科の問題プリントだ」

「……すいません。聞き間違いだと思うんですけど今、俺がやる問題プリントとかおっしゃいました？」

「聞き間違いではない。各教科の先生方が徹夜で作ったありがたいプリントだ。貴様が特殊対策部隊に入ろうがこの学校の籍が消えるわけではないからな。しっかりと勉強しておけよ」

……じょ、冗談だろ。

見た感じ広辞苑《こうじえん》の二倍の厚みはあるぞこれ。

ああ、一応説明しておくと、怪我などで俺が任務に堪《た》えられなくなった場合を考え、学校に籍を残してもらった。卒業さえすれば父さんの友人が雇ってくれるらしいからだ。

「ありがとう、ございます」

俺はハイライトの消えた目でそれを受け取る。

……おっも。

◇

対校戦の事件で負傷した選手が搬送された病院の一室。

「真鈴《ますず》。もう怪我は大丈夫なのかい?」

「本当に心配したわ……」

「うん、もう大丈夫だよ。私よりも梓《あずさ》のお見舞いに行ってあげて?」

「もちろん梓の方にも行くが、あんなものを見せられたらやっぱり心配になってな……」

対校戦から三日経つが私はその間ずっと怪我の治療で入院し続けている。

両足の複雑骨折に肋骨《ろっこつ》も二本折れ、一本は罅《ひび》が入っていたらしい。内臓に刺さっていなかったのはかなり運が良かったのだろう。

そんな状態の私を当然両親も心配し、二人とも涙を流していた。本来あんな状態になったらまず生きては帰れなかったはずであることも拍車をかけているのだろうと思う。

……彼は今何をしているだろうか。

今自分がこうして生きている理由である彼のことを考え、少し物思いに耽《ふけ》っていると、ふいに病室のドアが開かれた。

「どうも~。あなた方が七瀬《ななせ》さんご家族で間違いないでしょうか?」

「……はい、そうですが」

入ってきたのは黒服にサングラスをかけたＳＰのような恰好をした男性だった。ただ、ひりつくような空気から、軽薄そうな態度とは裏腹に、男性が相当な実力者であるとわかる。相手を注視しながらいつでも能力を発動できる準備をする。

「あ～、警戒しなくても大丈夫ですよ。別に怪しい者じゃ、いや初対面だと怪しく見えるか……」

「あの、それで何かご用が？」

お父さんが戸惑《とまど》いがちにそう尋《たず》ねる。

「お～、そうでしたね。実は上の方のご要望で、あなた方のご家族である七瀬梓さんのご病気を治すために世界最高峰の医療態勢を整えましたので、皆様に治療に取りかかるご許可をいただこうと思いまして～」

「ど、どういうことですか⁉」

突然の情報に頭がパニックになる。

（梓の病気が治る⁉）

心から願っていたことだけに、そのことばかりに頭を占められたが、すぐ疑問に取って代わられる。

そんな美味《おい》しい話が本当にあるだろうか。いったい誰がそんなことを？　上の人って誰のこと？　本当にこの人の言葉を信じてもいいのだろうか？

魅力的過ぎる話に、どうしても疑心暗鬼になってしまう。

「あ、その方からひと言ありまして『先輩、貸し一つですよ』とのことです」

その言葉で私はその人物が誰かわかってしまった。

私の周りでそれほどの権限を持てる可能性がある人物は、一人しか思いつかない。

「……お父さん、お母さん。この人の言葉は信じてみてもいいかもしれない」

「どういうことなんだ？」

「お母さんまったく話についていけないのだけど」

「大丈夫、後で説明するから」

今はできるだけ早く梓の治療に取りかかってもらうのが先決だ。あの子も頑張っているけど、もう我慢も限界に近いだろう。

「では了承していただいたという認識でよろしいでしょうか？」

「……まだ納得できない部分はありますが、真鈴がそこまで言うのなら」

「オッケーで～す。では私はこれで、一応忙しい身なので」

黒服の人はそう言うや否《いな》や病室から出ていく。

「は～　こんな大きな借り、どうやって返せばいいのよ」

彼は、柳君は何を望んでいるのだろうか。

……わからない。

でも、何となくだけど、私が強くなることが、いずれ彼のためになるのではないかと思った。

新しい目標ができたためかどこか体が熱い。でもなんで頬が赤くなっているのかはわからなかった。


その日の朝、柳家では兄妹で慌《あわ》ただしく動いていた。

「蒼、ちゃんと準備できたか？」

「もう完璧っすわ、いつでも出られるぜ」

「それは上々」

ニヒルに笑みを浮かべ、サムズアップする蒼。

俺たちは今引っ越し準備の真っ最中だ。荷物をまとめて持ち運びしやすいようにしておく。あっちの方で順次運び出してもらえるらしい。

ちなみに両親には引っ越すことも、俺が特殊対策部隊に入隊したことも既《すで》に連絡済みだ。その返答が『お？　何か面白そうなことになってんなあ、こっちが一段落したらそっち帰るわ～』と何とも軽いものではあったが息災のようで何よりだ。

ピンポーン。

そしてちょうど引っ越しの準備が完了したところで玄関のチャイムが鳴った。

「じゃあ行くか」

「うん」

軽い荷物だけ手に持ち、玄関のドアを開く。まず目に入るのは黒服のダンディーな男性と後ろの滅茶苦茶高級そうな車。確かあれは、リ、リムジン？　だったかな。アニメとかでよく見るやつだ。まさかこれに乗る日が来るとは。

「お迎えに上がりました柳隼人《はやと》様、蒼様。どうぞお乗りください」

「は、はい」

慣れない対応に二人して声が上ずってしまう。そのまま黒服の人に車内に誘導され乗り込む。

「広っ！」

こんなに奥行きがあっても無駄じゃないのか？　庶民の俺にはどこに需要があるのかさっぱりわからん。

「凄いよお兄ちゃん！　ＶＩＰになったみたいだよ！」

うん、一応ＶＩＰだからね。

お兄ちゃん一応特殊対策部隊の一員になったわけなんだけど、蒼の中では何も変わっていないのかもしれない。

「それでは参ります」

「あ、お願いします」

走りだすリムジン。おお、車が動いているのにまったく音がしない。これが高級車か。

「お兄ちゃんどう？　セレブっぽい？」

椅子にもたれかかってすっかり馴染《なじ》んでいる蒼に目をやる。

蒼はオレンジジュースの入ったグラスを呷《あお》ると、サッと髪を掻き上げる。その際、流し目も忘れない。芸能人の真似をする小学生のようだ。

「そうだな。服部《はっとり》さんの前でやってみたらどうだ」

「ふふ、鈴奈《すずな》さんが私の美しさに嫉妬する姿が目に浮かぶよ」

よし、その時は全力で他人のフリをしよう。恥ずかしくて死んでしまうからな。

およそ三時間走行し、ようやく目的地に到着した。

車から降りて視線を上げれば市街地から少し離れた場所にある重厚な建物が見える。そしてそれこそが日本の最強部隊、特殊対策部隊の本部だ。

「ふっ、俺もついにここまで——」

「お兄ちゃん早く行こ！　ひゃっほ〜い！」

「……」

ひゃほ〜い！　じゃあねんだよ。

今俺、決め台詞《ぜりふ》言おうとしてたんだけど！　ナニ途中でブレイクしてくれちゃってんの？

黒服の人が少し笑ってるじゃん。俺は幾分か顔を赤く染めながら蒼の後をついていく。

…………

「おお～」

建物内は最新鋭の機械で埋め尽くされていた。

空中を浮遊している球状の物体や人型のものまで存在している。今まで俺たちが見てきた世界とは明らかに違った様相で案外面白い。隣の蒼も興味深げに目を輝かせている。俺もいろいろと心を惹《ひ》かれるものもあり、見て回りたいが、それよりも気になることがあった。

ジーっ、

と、こちらを凝視《ぎょうし》する少女が一人。

小学生ぐらいだろうか、髪の毛を三つ編みにし、その瞳は大きく可愛らしい。しばらく俺を凝視し続けた後、悪い人間ではないと思ってくれたのかトテトテとこちらへと駆け寄ってくる。目の前まで辿り着くと、少女はその小さい口を開いた。

「お兄さんたちはお客さんなの？」

「お客さん……ではないけど、これからここで厄介になる者だね」

「何この子めっちゃ可愛い！」

一人盛り上がる蒼、こらこらやめなさい。フルフルと怯《おび》えてるじゃないか。

「も、萌香《もえか》を子ども扱いしないで！　これでも、この桐坂《きりさか》萌香は特殊対策部隊の一員なのです！」

予想外の発言に目を見開く。おいおいマジか、全然そんなふうには見えなかった。こんな少女が本当に戦えるのか？　いや、後方支援要員の可能性もあるのか。

「妹が失礼しました。今日付けで特殊対策部隊に入隊することとなりました、柳隼人です」

少女、もとい桐坂先輩の頭を撫で続ける蒼を引っぺがし頭を下げる。

上下関係はきっちりとしなければならない。たとえ相手が年端《としは》もいかないようなあどけない少女だとしてもそれは変わらない。

「おおう！　萌香はあなたみたいな人を待っていたの！　いつもいつも周りから子ども扱いされるからムカムカしていたの！」

「ちなみにお歳は？」

「十歳なのです！」

うん、ばっちり子供ですね。他の先輩方は正しい対応をしているらしい。

もしかすると伝説のロリＢＢＡかと少し期待したが、夢は夢であったようだ。

「おそらく皆さんは先輩の美しさに嫉妬しているのでしょう」

「先・輩！　そ、それなら仕方ないのです。萌香が美し過ぎるのがいけなかったのです」

「ヤバイ、ロリに美しいとか言うお兄ちゃんがキモ過ぎる件について」

「ちょっと黙ってろ」

今、桐坂先輩が喜んでる最中なんだから。機嫌良さげに揺れる三つ編みが何とも可愛らしい。

こんな場所にも癒《いや》しはあるようだ。

「ふふふ、萌香は治療担当の能力者なので、あなたが怪我をしたら死んでさえいなければ完璧に治療してあげるのです！」

なるほど、やはり彼女は戦闘員というわけではないらしい。それにしても治癒《ちゆ》タイプの能力とは珍しい。実際に見たのは初めてだ。万能型の能力者なら数名知っているが、治癒に特化した能力者は世界的に見ても片手の指で数えるほどもいないかもしれない。

「君が新しい隊員か」

背後から、そう問いかけられた。

振り返り確認すると、そこには無精髭《ぶしようひげ》を生やした男性が立っていた。身長は一九〇程度だろうか。日本人にしてはかなり高身長だ。

（この人、強いな……）

体から漏れ出す覇気と、並々ならぬ努力の賜物《たまもの》であろう筋骨隆々《きんこつりゆうりゆう》とした逞《たくま》しい肉体が、彼の実力のほどを物語っている。

「はい、柳隼人と言います！」

「おう、元気がいいな！　俺は金剛武《こんごうたけし》って言うんだ、よろしくな」

「お疲れなのです！　もう討伐《とうばつ》してきたのですか？」

「ああ、Bランクの奴だったからな、結構早く終わったよ」

一人でBランクの怪物を倒してきたのか。見た限り外傷はまったくないようだ。つい最近、俺はショッピングモールにてBランクの【ラヴァーナ】と戦ったが、無傷では済まなかった。それを考えると、やはり相当な実力者だとわかる。いったいどんな能力を持ってるんだろうか？

そんなことを俺が考えていると、

「お？　柳は俺の能力が気になるか？」

と尋ねられる。

心を読まれたようで少々動揺したが、何もやましい理由はないので、もっともらしいことを言っておく。

「そうですね。今後任務をともにすることがあると思いますので、互いの能力は把握しておいた方がいいのではないかと」

「もっともな意見だな。よしっ！　じゃあ俺とちょっと遊ばないか？」

「遊ぶ、ですか？」

もちろんそれが、彼の言葉通りの遊びでないことはわかる。しかし、俺たちが能力を使えるような場所があるのだろうか？

「ああ、ここの地下にドデカい訓練場があるんだよ。そこで軽く手合わせしよう」

「へえ、そんなのがあるんですね。ではお願いしてもいいですかね」

「そうこなくっちゃな！　後ろでじゃれ合ってるお二人さんもどうだ？」

じゃれ合ってる？　背後を振り返ると、嫌がる先輩に頰ずりしながら抱き着いている蒼の姿があった。もちろんマッハで止めに入る。この変態には後でいろいろと言い聞かせる必要がありそうだ。

『ありがとうなの！』と抱き着いてくる先輩にトキメキました。

まあ、俺はロリコンではないので何も心配することはないです、安心めされよ。

…………

「じゃあ、始めるか」

「お願いします」

地下の訓練場。その広さたるや東京ドームぐらいはあるのではないかと思うほどだ。学校の施設と比べるのがおこがましい規模である。

女性（？）二人は離れた場所で観戦している。桐坂先輩はもし怪我をしたら治療するからと。蒼は何か面白そうだからと。間違えそうになるが前者が小学生で後者が中学生である。

「それでは行きます――戦神《マルス》」

日本の守護者である特殊対策部隊員の実力を知るいい機会だ。

胸を借りるつもりで行かせてもらおう。

◇

隼人は武の一挙一動に集中する。

武はまったく動かない。その顔には笑みを浮かべ、自然体のように力を抜いた状態だ。

（構えない……か。カウンター系か？）

それを見て後手に回るタイプの能力だと判断する。

カウンター系の能力者はその能力によってはどうしようもないほど面倒な者も存在する。有名なところで言えば世界ランク序列三位の持つ能力の【絶対反射】などが挙げられる。名前通り、その能力者は全ての攻撃を反射する。有名な話では、三位はその規格外の力を行使し、単騎にて怪物の巣窟を殲滅《せんめつ》したという。

そんな前例を踏まえ、武のカウンターを意識したうえで隼人は駆けだす。

スタートからトップスピードで移動すると、武の眼前で一歩踏み込み、体重を乗せた拳を繰り出す。

「山砕《やまくだ》き」

「守れ」

隼人の放った拳は突如として現れた半透明の障壁《しょうへき》に防がれる。

対校戦にも似た能力者はいたが、その強度は比較にもならない。隼人の攻撃は障壁に幾分かの罅《ひび》を入れるだけに留《とど》まった。

二人は僅《わず》かに目を見開く。

武は障壁に罅が入った事実に、隼人は本気の攻撃を完全に防がれたことに。

隼人は拳を引っ込めその場で体を捻《ひね》ると、上段から踵落《かかとお》としを繰り出す。しかし、その動きに反応した障壁が瞬時に移動することで隼人の攻撃を再び完全に防いだ。

隼人は一旦距離を取ると、武の能力の分析を始める。

相手は完全に防御型だ、隼人から攻めに行く必要があるが、単純な攻撃では先程の二の舞になる。武の障壁を突破するのなら威力よりも貫通力を上げる必要がある。ちらりと障壁に視線を移せば、たった今入れたばかりの罅は完全に修復されていた。

(障壁には再生能力もある、と。ならば一撃で突破するしかないか)

隼人は闘気を右腕に集中させる。淡い紅《くれない》のオーラが揺らめき、それは敵を問答無用で穿《うが》つ技である星穿《せいせん》発動の前兆とよく似ていた。武との距離はおよそ一〇メートル、本来ならば拳で戦う隼人はその距離を詰める必要がある。

……しかし、それはただの正拳突きであった場合だ。

闘気を薄く、鋭く、何者をも貫《つらぬ》くように集束させていく。

「ッ！　追加だ！」

ただならぬものを感じた武は少し焦《あせ》るように新たに六枚の障壁を発現させ、計七枚の障壁が

重なるようにして武の盾《たて》となる。七枚、その数はかなり保険をかけたものだった。

武の障壁はAランク級の怪物の力をもってしても四、五枚を割られる程度だ。だから七枚なら破られることはないと確信しての数だ。しかし、前方で槍の形状へと収束される闘気の密度に背に冷や汗が伝うとともに、口から笑みが漏れる。

(なるほどな、服部があそこまで執着するわけだ)

「貫け――星槍《せいそう》」

隼人の右腕が振り抜かれる。

投擲《とうてき》された深紅《しんく》の槍が音を置き去りにしながら一直線に障壁へと突き進み、激突する。

少し遅れて衝突の爆音が響き渡り、槍は三枚の障壁を易々《やすやす》と貫くと四枚目で拮抗《きっこう》する。

ただ、槍の勢いは失われず、徐々に亀裂が入り始める。

「くッ!」

パリンッ! とガラスが割れるような音とともに四枚目の障壁が破壊された。

「やるなあ!」

武は己の思い描いていた隼人の実力を上方修正する。五枚目の障壁に亀裂が入り始めたころ、武は僅かばかりの笑みを浮かべると、そっと呟く。

「吸収」

五枚目の障壁が割れる。

そして六枚目に衝突した瞬間、隼人の槍は障壁に吸収されるように消えていった。その六枚目は他のものと違い、真っ黒に染まっていた。予想外の事象に隼人は驚愕《きょうがく》に目を見開く。まさか自分の攻撃がいとも容易《たやす》く無効化されるとは思ってもいなかったのだ。

武は得意げに胸を張ると、困惑する隼人へと先程の事象の説明を始めた。

「俺は障壁に様々な特性を付与することができるんだ。さっきのは【吸収】。つまりその特性で君の槍を障壁に吸収したわけだ。でもまあ……」

武が六枚目の障壁を見やる。

それは吸収した槍の威力があまりにも強大であったためか、攻撃を完全には吸収しきれず罅割れ、しまいにはその障壁も崩壊した。

「はは、これは頼もしい」

武は笑う。まさかこれほどの実力者が来てくれるとは、と。

服部から話は聞いていたが、隼人の実力は武の想定していたレベルの遥《はる》か上をいく。しかもまだ本気を出していないときた。武もまだまだ本気を出してはいないが、たとえ本気を出して戦ったとしても隼人に勝てるかは微妙だ。

そんな武の思考をよそに、隼人は特殊対策部隊員の実力に素直に驚いていた。

正直、星槍を防がれるとは思っていなかったため、吸収された時は思わず『はあっ⁉』と驚愕の声を漏らしていた。

「ちょっとー！　何やってるんすかー！」

と、そこで聞き覚えのある声が訓練場に響く。

その声の主《ぬし》はシュバッ！　と隼人と武の間に割って入ると、少し怒った顔で両者を睨《にら》む。

「柳君を迎えに行こうと思ったら、どこにもいないし、金剛さんは勝手に柳君連れていって何かやり合ってるし、二人とも自由に動き過ぎっす！」

「ははは、まあいいじゃないか。服部は気にし過ぎだなあ！」

「金剛さんは気にしなさ過ぎなんですぅ！　ほら柳君の歓迎会があるんすから皆行くっすよ！これ以上待たせるならごちそうは私が全部食べ尽くすっすよ！」

突如乱入してきた鈴奈によって隼人たちの手合わせは中断され、訓練場から連れ出された。

冗談抜きに鈴奈がすべての料理を平らげる様が想像できた武は、苦笑しながら彼女たちの後ろを足早についていく。

◇

「と、いうことで新しく入隊した柳隼人君とその家族としてこちらに引っ越してきた妹の蒼ちゃんっす！」

「よろしくお願いします！」

「よろしくお願いしま〜す」

服部さんに連れられて着いた会場には既に数名の人たちが待機していた。その皆が龍のワッペンをつけているのを確認する。

（多いな）

この場にいるのが全員だと仮定すれば、俺、金剛さん、服部さんを含め、特殊対策部隊は全員で八名。これは世界で見てもかなり多い数だ。他国では平均で四名ほど、場合によっては二名という国もある。それと比べれば、この日本支部は相当な戦力を有していると言えるだろう。

若干《じゃっかん》の緊張を抱きながら俺の歓迎会が始まり、簡単にお互いの自己紹介をする。

「私の名前は吉良坂《きらさか》 涼子《りょうこ》よ。これからよろしく」

そう微笑む黒髪ロングの美女。

その腰には物騒にも刀を帯びており、彼女が戦闘員であろうことがわかる。微笑みながらも向けられる鋭い視線は、蒼の好みにはまったらしく隣でデロデロになっている。

「菊理花《くくりはな》です。よろしくお願いします」

前髪を目の少し上で揃《そろ》えた可愛らしい少女。

歳は桐坂先輩と同じくらいに見える。体格を見るに戦闘系ではないと思うが、遠距離から能力を炸裂《さくれつ》させる魔法系のような力を持っている可能性もあるだろう。ふと目が合えば、その瞳は非常に澄んでおり、なんだか心の中を見透かされているような気分になる。彼女には何か別

のものが見えているのかもしれない。

「俺は牙城《がじょう》昂《すばる》……よろしく」

左目を髪で隠した寡黙《かもく》な男性。

背は俺と同じぐらいだろうか、鋭く光る右目が俺を捉《とら》える。品定めされているのだろうか。

正直怖くてちびりそうです。

残りは俺も知っている人たちだ。

元気印の服部さんに金髪の西蓮寺《さいれんじ》さん、あとは先程会った桐坂萌香先輩と金剛武さんだ。

「後輩！　ちゃんと楽しんでるですか？」

どうやら桐坂先輩には気に入ってもらえたらしく、隣に座っていろいろと話をした。特殊対策部隊とは関係ないことばかりであったが、楽しそうに喋《しゃべ》る先輩の笑顔を見ればどうでもいいと思える。やはり少女の笑顔は世界を救うのかもしれない。隣にもふもふもいれば俺は天にも昇る気分になること間違いなしだ。

自己紹介が終わると、ようやく食事の時間となった。

相変わらず服部さんはとんでもない量を平らげ、逆に桐坂先輩や菊理先輩はすぐお腹いっぱいになって船を漕《こ》いでいた。今後の任務については明日の会議で説明がなされるらしく、入隊初日はこの歓迎会だけで終わりとなった。

二章　初任務

——episode.02——

翌朝、目覚めるとベッドから這《は》い出し、窓のカーテンを開ける。

眩《まばゆ》い朝日が部屋を照らし、体の覚醒を促《うなが》す。

窓の外を見やると、そこからは特殊対策部隊の本部が見えた。俺たちの新居は本部近くに建てられた特殊対策部隊関係者の住まうマンションの一室だ。一部は別の場所に住居があるそうだが、ほとんどの人員はこのマンション住まいだそうだ。

「気合い入れないとな」

これまでとは違う風景にまだ慣れない部分はあるが、それは後々慣れるだろうから大丈夫だろう。支給された隊の制服に着替えるとそのままリビングへと向かう。その胸元には龍のワッペンがついている。これを見れば多少ではあるがやる気が出る。何というか、オリンピックレベルの大会で代表メンバーに選ばれたような感覚だ。

「おはよ～」

俺と同じタイミングで部屋から出てきた蒼《あお》とリビングへと向かう途中で鉢合わせた。

蒼の髪は寝癖《ねぐせ》であちこちはねており、目はまだ眠気が抜けないのかウトウトとしている。いきなり住居が変わったことで疲れが取れていないのかもしれない。

「おはよう。昨夜はちゃんと眠れなかったのか？」

「なんか興奮しちゃって、あっ、エッチな意味じゃないよ？」

「今の会話で誰もそんなことは思わねえよ」

いったい俺を何だと思っているのか。妹のそんなあられもない姿を考える兄などこの世にはいないだろうに。

リビングを通ってピッカピカの台所に移動し、コーンフレークを棚から取り出す。引っ越し二日目で既《すで》に簡易食。この先、台所をまともに活用しないのではないかと少し後ろめたい気がしたが、やはり効率よく栄養の摂《と》れる食事がベストなのだ、悪く思わないでほしい。新品の器材たちに手を合わせ、二人分の皿を用意するとリビングの机にコーンフレークを置く。

「ほい」

「おっ、あんがと。お兄ちゃんは今日から仕事だっけ？」

「そうだ。今日は次に行われる任務についての会議って聞いたな。もし緊急の用件があるなら俺のスマホに通知が来るようになってる」

「鳴らないことを祈るしかねいね」

緊急の用件といっても大抵はBランクやAランクの怪物の討伐《とうばつ》だ。それよりも上の怪物はそうそう現れるものではない。地域によっては常に怪物が出現し続ける魔境があるらしいが、その点日本は平和なものである。Sランク級の怪物はここ四年の間、一度も出現していない。

「それよりも、蒼は今日から学校だったたな」

「うん！　いっぱいお友達作って家に連れてくるよ！」

「あんまりガンガンいき過ぎて引かれるなよ？」

「大丈夫、大丈夫」

本当に大丈夫だろうか？　蒼の性格も心配だが、前回の二の舞いにならないかが心配だ。一応もしもの時の手は打ってはいるが……

ピピピッとスマホのアラームが鳴る。

時間だ。俺は残ったコーンフレークを急いでかき込むと足早に家を出る。ドアが閉まる際、『頑張ってこいよ、兄貴！』と言う蒼の笑顔に幾分か緊張がほぐれた。


…………


本部に到着した俺は指示されていた部屋へと移動する。

途中職員らしき人たちと出くわすと、こちらが頭を下げる前に頭を下げられるので、何とも言えぬ気持ちになった。喩《たと》えるならば家族がいきなり敬語で喋《しゃべ》りかけてくるような戸惑《とまど》いと驚きの感情だろうか。

目的の部屋に辿り着くとノックを数度して扉を開ける。しかし、中にはまだ誰もいなかった。

まあ、一番乗りできるよう集合一時間前にアラームをかけておいたから当然ではあるが。

「さて、なにをしておこうか」

少しばかり暇《ひま》な時間ができた。会議にだけ使う部屋なのか、資料のようなものは周囲にはない。仕方ないので、昨日スマホに送信されたデータを見る。これは今日の会議に関係するものではないが、特殊対策部隊に入隊したのなら知っておく必要があるということだ。

暇潰《つぶ》しに見たのだが、その内容は非常に興味深かった。

なかでも最も印象深かったのが、中立の怪物が存在するということだ。人間側にもつかず、怪物側にもつかない怪物。それらは主《おも》に、一定以上の思考能力を持つ者、ほとんどがSランク級の怪物になる。

現在確認されているだけでも五体の怪物が中立的存在であるらしい。吸血鬼、人魚、龍、天使、鬼とその種類は多種多様だ。そして彼らは、今のところ人間と敵対してはいないが、総じてその実力は恐るべきもののようだ。俺が戦ったラヴァーナや対校戦での新種の怪物では彼らの足元にも及ばないだろう。

その圧倒的な戦力を欲《ほっ》し、各国が再三にわたり協力要請を出しているようだが残念ながら全て拒絶されているらしい。

「会ってみたいな……」

もし中立だという彼らに会えるというのなら、聞きたいことが山ほどある。

怪物という存在について、人間を襲う理由について、そして、蒼のことについて。

(どうしたら会えるだろうか?)

任務をこなしていけば会えるだろうか? それとも、

「どうしたのです? そんなに考え込んで、頭でも痛いのです?」

頭上から可愛らしい声が響く。顔を見上げると、こちらを心配そうに見つめる桐坂《きりさか》先輩の姿があった。

どうやら思考に埋没し過ぎて周りへの注意が散漫になっていたらしい。

スマホの時刻を確認すると予定の三十分前を表示している。桐坂先輩はかなり優等生のようだ。

「心配していただいてありがとうございます。先輩はずいぶんと早くからいらっしゃるんですね。まだ三十分前ですよ」

「そう言う後輩の方こそ私よりも早いのです。いつもは私が一番早いので少し驚いたのです」

「新人ですからね。一番早く来た方がいいかと」

「ふむ、いい心がけなのです。でも、その辺を気にする人はいないので大丈夫なのです。それよりも皆が来るまでお話ししましょう!」

「いいですよ」

桐坂先輩は楽しげに話し始める。人と喋るのが好きなのだろう。内容は飼っているウサギが可愛いだとか、お母さんと料理をしたなどの非常に可愛らしいものだった。こんな場所にいてもやはり子供だということだ。そんな子供でも能力次第で戦場に駆り出されるこの世界がおかしいのである。

聞き手に回っているだけだったが、笑顔で話す先輩との会話は思っていた以上に楽しく、時間はあっという間に過ぎていった。そのうち他の隊員たちも続々と入室し、会議の時間となる。席は自由であったが、桐坂先輩はそのまま俺の隣の席に留《とど》まった。

「それでは会議を始める」

司会進行は金剛《こんごう》さんだ。今回の任務に関する資料が配られると、開口一番、予想外の言葉が飛び出してきた。

「日本に迷宮らしきものが出現した」

「迷宮？」

「そうだ、こんな事例は初めてのため、混乱するのは無理もないと思う」

聞き間違いかと思い、思わず訊《き》き返してしまった。

（それにしても迷宮……か）

ゲームなんかではよく聞く用語だ。魔物がいたり何層にもフィールドが分かれていて、最後にはボスが出てくるのがお決まりだ。しかし、それが現実に現れたとなると何とも厄介極まりないだろう。怪物との連戦など考えたくもない。どれほど素晴らしいお宝が眠っていても行きたいとは思わない。

「まずは資料を見てくれ。その迷宮だが、見た目は普通の洞窟と何ら変わらないらしい。しかし、国が幾つかの調査チームを派遣したところ……その全てが消息を絶った」

その一言で室内の緊張が高まる。

仮にも国が派遣した調査チームだ。実力が不足しているなんてことは考えられない。

であるならば、その迷宮には想定を上回る化け物が存在しているという事実に他ならないということ。

「勘違いしないでほしいが、まだそれらのメンバーが死んだと決まったわけではない。ただ、連絡は完全に途絶え、生きている可能性は絶望的だ」

金剛さんの声音に力が入る。死亡が確定したわけではないというものの、彼もまた調査チームに生存者がいるとは思っていないのだろう。

「そして今回の任務だが、決行は明日、メンバーは俺と服部《はっとり》、そして西連寺《さいれんじ》と柳《やなぎ》だ。まず部隊全員が全滅する危険は避けたい、牙城《がじょう》の能力は狭い範囲では真価を発揮できないし吉良坂《きらさか》には緊急事態時の指揮をとってもらいたい。まあ、こちらには西連寺の【空間転移《テレポート》】があるから安心だとは思うが。イレギュラーはどんな場合にも起こり得るからな」

選ばれたか。確かに俺の能力は狭い場所でも問題はないからな、他の隊員が能力的に不向きであるなら当然の選出ではある。

最悪何か起こったとしても西連寺さんの【空間転移】があるわけだから大丈夫だろう。彼女の能力は一度訪れた場所と視界内の場所へはどこにでも転移できる上に、対象に触れていればそれも彼女とともに転移できるという大変優秀なものだ。

それにしても初任務から少々きな臭《くさ》い感じがする。

まずダンジョンの発生場所だが、資料によると、とある町の郊外の森の中にある廃工場内とのことだ。何故そんな場所に工場があるのか、誰が通報したのか、不可解な点が多すぎる。

まるで誰かの掌《てのひら》の上で踊らされている気分だ。

一応俺の能力は身体強化ということで登録されているが、もしかしたら戦神《マルス》だけでは手に余るかもしれないな……。

「ちなみに今回、菊理《くくり》にしてもらった予言だが」

「はい……」

金剛さんに促され菊理先輩が前に出る。どんな能力なのかと思っていたが、いつか服部さんが言っていた【予言士《プロフェテス》】の能力を持っているのは彼女だったのか。

「率直に言いますと、何か大きな変化がなければ、今回の任務でどなたかが死にます」

あまりに唐突な恐るべき予言に思わず目を剝《む》いた。だが、俺以外に動揺しているメンバーはいないようで、誰も驚きの声は上げていない。

（死ぬ？　このメンバーで？）

現地に行く俺か金剛さん、そして西連寺さんと服部さんの中から誰かが死ぬということだ。いや、予言の中に人数は明言されていないことを考慮すれば、犠牲者は最悪複数人の可能性だってある。

しかし……このメンバーで本当にそんなことがあり得るのか?

怪我を負うにしても西連寺さんの能力ですぐさま退避できるし、金剛さんの障壁《しょうへき》だってある。服部さんも相当な実力者であることは間違いない。まさか、能力を発動させる暇《ひま》もないほどに一瞬にして殺されるということだろうか。

「それが誰かわかるっすか?」

服部さんが冷静な声音で尋《たず》ねる。

己が死ぬかもしれないのに恐怖はないのだろうか……いや、そういうわけではないか。怪物と戦う仕事だ。誰かが死ぬ予言を既に幾度となく聞いているのだとすれば、こんな場面にも多少は慣れているのかもしれない。

「いえ、残念ながら私の能力ではそこまでは……」

「そっすか〜」

服部さんは残念そうにそう言うと、椅子の背にもたれかかり天井を仰ぎ見る。

彼女が何を考えているのかはわからないが、その眼差《まなざ》しは強く、とても悲観しているようには見えない。その様子からすると、予言は覆《くつがえ》すことができるのかもしれない。だとすれば、いつも以上に慎重に行動すれば案外なんとかなるかもしれないと、多少気が楽になった。

「今回の任務は何が起こるかわからん。各自、より一層気を引き締めて臨《のぞ》んでほしい」

金剛さんの締めの挨拶《あいさつ》で俺にとっての初会議は終了した。

任務までに何かできることはないかと考えながら部屋を出ようとすると、寸前で服部さんから昼食の誘いを受ける。

「ここの四階に美味《おい》しいレストランがあるんすよ、一緒にどうです?」

「いいですね。行きましょうか」

美人の誘いを断る選択肢はない。すぐに了承して、案内する服部さんの後ろをついていく。

それにしても本当にここは何でもある。途中トレーニングジムやプール、果てはエステまであったからな。絶対利用しないだろうと思うような施設まであったが誰か利用するのだろうか。プールにはいずれ誰かと一緒に行ってみたいが。

「ここっす!」

「おおう」

なんとも高級そうなレストランだ。一人だったら確実に尻込みして入れない雰囲気を放っている。

「じゃ、入りましょ!」

慣れた様子で入店する服部さんに続いて足を踏み入れる。

フロアスタッフに席まで案内されメニューを確認するが、俺は自分の目がおかしくなったのかとメニュー表を二度見した。

(……なんだこれは)

いや、俺の知っているはずの言語では書かれているのだが、それがどういう料理なのかまったく想像ができない。服部さんに教えてもらうのもなんだか恥ずかしく、悩んだ末にとりあえず目についた料理を注文する。服部さんも六品ほど注文した。その胃袋が四次元ポケットだと知っている俺はもう驚くこともない。

数分後、俺の前には大盛りのエビ料理が置かれていた。正確にはただのエビではなく、ロブスターが正式名称であるらしいが、そんなのは正直どうでもいい。俺は四苦八苦しながらも目の前の料理を食す。あっ、意外に美味しいかも。

「柳君は今回の任務をどう思うっすか?」

唐突に服部さんがそう切り出した。

お昼の誘いは口実で、今回の任務について話をしたかったのだろう。

「いろいろと不可解な点はありますが、どうしても今回のメンバーの誰かが死ぬとは思えませんね」

「そうっすよね～」

服部さんは僅《わず》かに苦笑する。肯定の返事とは裏腹に、誰かが死ぬと半ば確信しているような口調だ。

「でも、菊理ちゃんの予言って、ほぼ一、〇〇、パ、ーセント、当たるんすよ。今までもその予言通り、多くの隊員が亡くなったっす。私が入った時は特殊対策部隊に正規隊の一つ下の隊があったんすけど、それを合わせた二十人ぐらいの大所帯だったす。本当、いつもうるさいくらいで……」

昔の仲間を思い出しているのだろうか、服部さんはサイドテールを指で弄《いじ》りながら虚空《こくう》を見つめる。会議室の様子から予言は覆すことができるのではと思ったが、どうやらそうではなかったらしい。

「ほぼ一〇〇パーセント、ですか」

「おっと、言い方が悪かったっすね。曖昧《あいまい》な予言もあるんで、ほぼってつけたっすけど、今までにその予言が外れたことはないッす」

「一度もですか？」

「ええ、一度も」

本当に未来がわかっているのに変えることができないのか？

これが初めての俺は困惑が感情の大部分を占めるが、先輩方はどんな思いで任務に臨もうとしているのだろうと疑問が湧いた。

「でも、今日は柳君に安心してもらうために食事に誘ったっす」

「安心ですか？」

「ええ、君は私がスカウトした隊員ですからね。何があっても私が守るっす！」

表情を一変させ、笑顔で言う彼女の言葉にはどこか重みがあった。

今の話を聞いた直後だからか、それがどうにも俺には危うく思える。

「自分が代わりに犠牲になるとか言わないですよね？」

「ははは、そんなわけないじゃないっすか。普通にサポートするって意味っすよ」

本当に、そうだろうか。

こういう人に限って変に責任を感じてたりするからな。迷宮では服部さんが暴走しないよう注視しておく必要があるかもしれない。

「俺には俺の戦う理由があるので、責任とか感じないでくださいね」

「戦う理由っすか？」

「ええ、そのために俺は成果が欲しいので、今回の任務は渡りに船なんですよ。難易度が高いのならなおさらですね」

俺の実力を示し、迂闊《うかつ》に手を出せるような相手ではないと思わせる。とりあえずは数値至上主義の考えを粉砕できればいい。それが今の俺が戦う理由だ。そうすれば俺が舐《な》められる理由もなくなるし、家族に危害が及ぶ懸念《けねん》もなくなる。そのためには胸を張れるような成果が何としても欲しい。

「ふふ、じゃあ今回は柳君の活躍に期待しとくっす」

「ええ、存分に期待してください。何か報酬があると、なおやる気が出ますね」

「ほほう、ならばお姉さんが膝枕《ひざまくら》してあげるっす」

「マジですか！　じゃあそれでお願いします！」

そんな話をしながら、俺と服部さんはお互いに笑みを浮かべた。


バラバラバラ、というローター音が響き、風を巻き上げる。

音の発生源は目の前のヘリコプターだ。いや、これをただのヘリコプターと呼ぶには多少語《ご》弊《へい》があるかもしれない。

砲撃さえも防ぐメタリックな装甲に、空気抵抗を遮断するバリアと前方に進む推力となるジェットエンジン、これによって最高速度は音速を超えるらしい。どこかでヘリコプターの速度には上限があると聞いたことがあるが、これを見るとやはり文明は進化するものなのだとつくづく実感する。

現場にはこのヘリコプターに乗って移動するらしい。

実は空の旅というのは初めてなので、案外楽しみだったりする。空に跳躍したり怪物に吹き飛ばされて、アイキャンフラーイ！　したことは何度かあるが、命の危険を感じず空に浮くというのは体験したことがなかった。搭乗する理由自体に命の危険が多分に含まれるが、その点には目を瞑《つぶ》る。

「それでは行くか。準備はいいか?」

「大丈夫です」

「オッケーっす!」

「完璧〜」

金剛さんは俺、服部さん、西連寺さんの様子を確認すると軽く頷《うなず》いてヘリコプターに乗り込み、俺たちもそれに続いた。

ヘリでの移動中、外を眺めると目には綺麗な景色が次々と映り込む。

綺麗な場所には危険がつきものではあるが、いつかあんな場所にも行ってみたいものだ。いけないいな、こんなことを考えていると死ぬ確率が高まるかもしれない。死亡フラグは立てないようにしなければ。


空での快適な旅を終え、高層ビルのヘリポートに着陸する。

そこからは四輪駆動車で森へと移動する。道が整備されていない悪路ばかりで、車体が何度も上下して尻に響く。金剛さんは気にせず目を瞑《つぶ》っているが、服部さんと西連寺さんは不快な表情を隠せず、しまいには二人とも何故か俺の膝の上に座った。女性特有の柔らかい感触に緊張で俺の全身が硬直する。

「先輩方、これは新人いびりですよ? そして、ありがとうございます」

「それは良かったっす」

「有料だよ～」

しっかりと先輩に釘を刺す。新人いびりは駄目、絶対だ……へへ、金を払うだけで美女の肉体に触れることができるのなら安いものだぜ。

……いやいや何を考えているんだ俺は！

いかんな、思った以上に緊張しているらしい。あんな予言を聞いて緊張しないというのも難しい話だが、このままだと任務に支障をきたしてしまう。俺は気持ちを切り替えるように頬を軽く叩く。

「おっ、気合い十分っすね」

「ビビっても仕方ないですからね」

こんなところで死ぬわけにはいかないからな。コンディションは可能な限り整えた状態にしておきたい。

◇

「ここだな」

移動すること数十分。ついに目的の場所へと到着した。

そこには鬱蒼《うっそう》と生《お》い茂る草木に囲まれた廃工場があった。外壁は薄汚れ、ところどころ崩落している部分も散見できる。立地を考えると、まるでこの建物をバレないように隠しているように思えた。

「では行くか」

金剛さんに続き、警戒しながら建物に侵入する。

内部は暗く、空気が澱《よど》んでいた。

工場の中心地、その地点に明らかに不自然な存在である洞穴を発見する。間違いなくこれが今回の目的である迷宮だろう。涼しいと言うよりも背筋が凍るような冷気が漏れ出しており、何とも不気味だ。

「うえ～、うち幽霊とか無理なんですけど～、転移が効かないし」

「私も物理攻撃が効かないんでいやっすね～」

まず普通の女性は幽霊を攻撃しようと思わないのでは？　と考えたが、彼女たちは普通ではないなと即座に思い直す。初対面の人間にナイフ投げるような人が普通であってたまるか。

「ここからは不測の事態を想定して進もう」

「わかりました」

金剛さんを先頭に、西連寺さん、服部さん、そして俺の順で建物の内部に侵入する。

迷宮内は日の光が入ってこないというのになぜか明るく、細部まで見通すことができた。

足裏の感触では地面はかなり固く、ただの土とかではなさそうだ。

さらに奥へと進むと、だんだんと植物が増えてきた。どれも自然界には存在しないようなものばかりで、目に映る光景は非常に幻想的だ。

「これ、毒とかありますかね」

「わからないが、念のため触らない方がいいだろう。解毒剤も持ってきてないからな」

毒で撤退などと笑うに笑えないからな。そもそも解毒剤があったとしても、どんな毒にも有効とは限らない。桐坂先輩なら解毒も可能かもしれないが、危険な前線に連れてくるわけにもいかない。できれば蒼に見せてやりたかったがまた今度にしよう。

植物に気をつけながら、俺たちはそのまま迷宮の通路を進み続ける。

数分が経過した頃、通路を曲がった瞬間、背後から奇声を上げて何かが襲い掛かってきた。

『グルアア！』

俺は振り向かずに後方に腕を振るう。

グシャリッ！　と何かが潰れる音がするとともに、不快な感触が手を伝う。

その襲撃者を確認するため、俺たちは一度動きを止めて振り返る。そこには頭を粉砕された異形《いぎょう》の怪物が地面に横たわっていた。

「狼型の怪物っすね。ランクはEだったかと」

「強くはないですね。それにしてもどこから？」

周囲を見渡し、よくよく観察すれば、俺たちの歩いている通路の天井近くに、別に小さな通路が視認できた。光の当たり具合でそれらを見つけるのが困難になっていたようだ。

「小賢《こざか》しいな……まあ、この程度であればどうということもないが」

金剛さんはそう呟《つぶや》くと能力を発動し、七枚の障壁を召喚する。それらは俺たちを護衛するように浮遊し、金剛さんの命令を待つ。

「襲い掛かるものは全て殺せ」

その命令を受け、返事をするかのようにうっすらと輝き始める障壁。

手合わせの最中にも教えてもらったことだが、金剛さんの能力【守護者《パラディン》】は、計十枚の堅牢な障壁を操作するだけでなく、それぞれに特性を付与することできるらしい。

現在金剛さんが付与できる特性は【吸収・爆発・歪曲《わいきょく》・分解】の四つだ。

【吸収】に関しては、つい昨日、俺の星槍《せいそう》が取り込まれるところを目にしたばかりだが、そんな破格の能力があと三つあるという。これだけでも十分脅威と言えるが、未《いま》だその成長が止まっていないというのだから末恐ろしい。

「雑魚《ざこ》は俺が潰す。討ち漏らした分は頼むぞ」

金剛さんの障壁を伴い俺たちは再度進行を開始した。

◇

迷宮に入ってからそれなりに時間が経《た》った。

昨日、俺が金剛さんと手合わせした時に彼の能力を防御型だと判断したが、それは間違いであったと訂正しておこう。

（……凄いな）

今、目の前の光景を見て、そんな単純なものだと言えるわけもない。

『グギャアア！』

人に近い形をした怪物が飛び出してくる。ランクは低いながらも、なかなかの生命力を持った怪物だ。囲まれれば面倒だと感じる相手である……そのはずなのだが。

最初の方は怪物が出現すると俺も僅かながらに身構えていたが、今となってはそれもしない。

怪物の近くに浮いていた一枚の障壁が、その面の向きを地と平行になるよう伏せさせると、高速で移動し怪物の首を呆気《あっけ》なく刎《は》ねた。

遠くの岩陰でこちらを奇襲しようと身を潜める者もいるが、既にその頭上には別の障壁の一枚が狙いを定め、怪物が飛び出そうとする瞬間、頭上から急降下し獲物を圧殺する。

その際吹き飛んだ怪物の頭部が俺の足元に転がってくる。

「……」

その顔は醜悪な笑みを浮かべており、奇襲が成功することを疑っていなかったのだろう。

爛々《らんらん》と光る瞳は『ヒャッハー！　ぶち殺してやるぜ！』と言っているように見える。

結果はこんな悲惨な形で終わってしまったわけだが……

それでも最後に笑えて死ねたのなら、こいつは幸運な方だ。

俺たちの周囲では障壁が飛び交い、次々に怪物を惨殺している。

金剛武。彼は圧倒的な防御力を誇るが、それ故に牢固な障壁は何者をも切り裂く刃《やいば》となり、周囲を囲ってしまえば脱出不可能な檻《おり》となる。まさに『攻撃は最大の防御なり』の逆を行く、『防御こそ最大の攻撃なり』を体現した、超防御型でありながら攻撃型でもある能力者だ。

「凄いですね。怪物に囲まれる恐れがまったくない」

「あの人が戦場に出ればいつもこんなものっすよ。伊達《だて》にうちのエースは名乗ってないっす」

「うちとしては楽ならなんでもいいかな～」

軽口を叩き合えるぐらいには余裕ある状況だ。しかし、金剛さんが怪物を蹂躙《じゅうりん》しながらしばし進んでいき、このまま何事もなく終われるのではないかと思った矢先、明らかに異様なものが目の前に現れた。

「門か……？」

通路の突き当たりに、高さ六メートルほどの両開きの門が存在していた。

門は閉ざされているが、おそらくは全員が肌で感じていた。この向こうには何か危険な存在がいると。

多くの戦闘を経験してきたからこそわかる死の匂い。事前に菊理先輩の予言を聞いていたことも相まって、それぞれの顔に緊張の色が滲《にじ》む。

「全員、準備はいいか」

息を吐き、その場で軽くジャンプしながら体の状態を確認する。

(悪くないな。絶好調かもしれん)

そういえば、朝に蒼が『お兄ちゃんの疲れを取ってあげたからね～　感謝しろよこの果報者め!』と、どや顔していたのを思い出す。もしかしたら何かしてくれたのかもしれない。俺の知らない間に、というのが少し不安ではあるが、妙なことはしていないはずだ……多分。

「大丈夫です」

「こっちも大丈夫っす!　ようやく体を動かせるっす!」

「準備万端」

「よし、では開けるぞ」

金剛さんが扉に手を当て、ゆっくりと開いていく。

中はぼんやりとしており肉眼では全容を把握することができない。

警戒しながら内部へと一歩踏み込んだ瞬間、部屋の壁に埋まっていた灯《あか》りが次々と点《とも》り始める。それはすぐに部屋中を明るく照らし、内部の様子を露《あらわ》にした。

広大な空間の中、その奥にそいつはいた。

ライオンの頭と山羊《やぎ》の胴体、そして毒蛇の尻尾を持つ怪物。

その殺意に満ちた双眼がこちらを睥睨《へいげい》し、軀体が躍動する。

『グルァアアアアア‼』

体を鞭打《むちう》つような咆哮《ほうこう》が空間に響き渡る。

硬直は一瞬、俺たちは即座に構え、いつでも攻撃できる体勢をとる。

「キマイラか。尻尾に気をつけろ、毒で死ぬぞ！」

金剛さんの警告に静かに首肯する。

Aランク級の怪物、【キマイラ】。口からは超高熱の火炎を吐き、尻尾の蛇に嚙みつかれれば毒が全身に回り死に至る。厄介な点は、頭部と尻尾とで攻撃のテンポが異なるところだ。それぞれが独立した意識を持っているのだろうが、どちらか片方に集中し過ぎてしまうと、もう一方の攻撃を喰らってしまうため、両方に気を配る必要がある。

低く唸《うな》り声を上げながらキマイラが首を大きく反《そ》らす、奴の口からは僅かな炎が漏れ出し、火炎を吐き出す前兆だと予測できた。

重々しく振り下ろされた首とともに、思った通りその巨大な口から火炎が吐き出された。

火炎が内包する熱に、その軌跡に沿った周りの空気が、陽炎《かげろう》となって歪む。

「守れ」

火炎の前面に障壁が展開される。

その数は五枚。火炎の衝突により三枚が破壊されるが、続く四枚目で完全に火炎の勢いを消した。

「潰せ、【分解】・【爆発】」

金剛さんは破壊された障壁のうちの二枚を瞬時に修復すると、キマイラを両側から挟むように展開させる。それもただの障壁ではなくそれぞれに特性を付与したものだ。

キマイラから見て右側には【分解】が、左側には【爆発】を付与した障壁がそれぞれ狙いを定め、ぶわっと風を押しのけながら迫る。

それを危険と判断したキマイラは、足に力を込めて高く跳躍した。

「うっし、ビンゴ！」

が、その上空には既に俺が飛び上がっていた。

その声に反応し動揺するように目を見開くキマイラの姿は、『何故そこにいる！』と言っているようだ。別にそこまで驚かれるようなことをしたわけではない。ただ単純に、金剛さんの攻撃を見て、キマイラの次の行動を予測しただけだ。

奴の筋肉の動き、視線の向き、そして呼吸の全てが戦闘においての判断材料となり得る。

そして準備万端の拳を振り抜く。

がら空きの頭部に炸裂した一撃は、砲弾が直撃したような強烈な音を轟かせながらキマイラを地に叩き落とした。

『グガァッ！』

受け止めきれなかった衝撃に、たまらずキマイラから苦悶の声が漏れ出す。

「ナイスっす！」

ダメージを負ったキマイラ目掛け、新たに服部さんがナイフを取り出しながら疾走し、不可視の銀閃《ぎんせん》を煌《きら》めかせる。

服部さんの姿を捉《とら》えたキマイラはその剛腕を横薙《よこな》ぎに振るう。その衝撃はビルさえ吹き飛ばすほどの暴風となったが、既にそこには服部さんの姿はなく、悲鳴の代わりに金属同士がぶつかる際に聞こえるような甲高《かんだか》い音が響いた。

「ありゃ、思ったより硬いっすね」

キマイラは己の後方から聞こえる声に戸惑うように視線を動かした。つい先程まで目の前にいた女の声が何故後ろから、と。そして、思考を整理する時間もないままにキマイラの体からおびただしい量の血が噴き出す。

『ギャァッ⁉』

キマイラの悲鳴が反響する。

服部さんはキマイラが知覚できない速度で移動し、その肉体を切り裂いたのだ。

身体能力、異能の練度、そして迷いなく行動できる度胸、どれをとってもさすがとしか言いようがない。彼女の速度は対人戦であれば無敵の力を誇るだろう。

そしてそれだけに留まらず、キマイラの軀体が一瞬膨張し、その口から煙が出る。

西連寺さんの能力【空間転移】で爆弾をキマイラの口内に転移させたのだろう。なんともえげつない能力の使い方だが、あらゆる敵に有効な技だ。絶対に敵に回したくない一人である。

『グオォォオオ‼』

しかし、キマイラの肉体は強靭《きょうじん》だ、無数に切りつけ、内部を爆破しようとも、それは致命傷にはなり得ない。

キマイラはさらなる怒りと殺意を込めて哮《たけ》りたつ。一度後方に下がった俺の隣に金剛さんが並ぶ。

「ふむ、火力が足らないか。征圧自体はもはや時間の問題だろうが、あまり派手に暴れさせて迷宮が崩壊したら元も子もないな。柳、あれを仕留めることは可能か？」

「数秒ほど溜《た》めの時間をいただければ」

「了解だ。こちらが時間を稼ぐ、準備が整ったら言ってくれ」

「わかりました」

俺は闘気を集束し、他三名はキマイラの足止めにあたる。

何かに勘づいたのかキマイラが俺目掛けて襲い掛かってくるが、金剛さんの障壁によって押し出され横に吹き飛ぶ。服部さんと西連寺さんはひたすら急所や同じ傷跡を執拗《しつよう》に攻め続け、その動きを完封していた。まったく妨害がないのなら技の溜めもそれだけ早く済む。

「金剛さん、もう大丈夫です！」

俺の掛け声に金剛さんは少し笑みを見せ、次いで西連寺さんに呼びかける。

「西連寺！」

「了解で～す」

何とも軽い言葉を漏らして西連寺さんはキマイラの隣へと転移すると、その肉体に触れた。

「じゃ、最後はきちっと決めてね～」

次の瞬間、俺の眼前に突如としてキマイラが転移されてきた。

突然怪物の姿が眼前に現れたため少し驚いたが、俺のやることは変わらない。

軽く一歩を踏み出し、集束した闘気を打ち放つ。

「星穿《せいせん》」

キマイラの顔に吸い込まれるようにして放たれた一撃は遮《さえぎ》るものなど何もないかのように、そのままの威力で敵を穿《うが》ち巨大な風穴を空けた。

致命傷を受けたキマイラは、強大な生命力でも耐えきれず、数度その躯体を痙攣《けいれん》させたあと力なく地に倒れ伏した。

「ふ～」

軽く息を吐き、拳を解く。

力尽きたキマイラを確かに確認し、笑みを浮かべながら三人がこちらにやってくる。

「いや～、とんでもない破壊力っすね」

「さすがだな。今回は火力のある二人が後方で待機しているから、柳の存在はありがたい」

「いえ、普通あんな溜めるまでの余裕なんてありませんから、皆さんの力あってのことですよ。ってそれよりも西連寺さんはキマイラ転移させるのなら先に言ってくださいよ！」

「あはは、まあ、倒せたんだからいいじゃ～ん。カリカリし過ぎたら禿《は》げちゃうぞ」

「禿げませんよ！」

なんてことを言うんだ！

父さんは髪がモサモサだから俺も大丈夫なはずだ！　祖父《じぃ》ちゃんは少し禿げているが……

「それよりも、ここを調べよう。何かあるかもしれない」

新たに現れたこの空間に何か発見はないかと探索を開始する。

ここまで進んできたが、未だ手掛かりらしい手掛かりはない。それに調査チームの痕跡も見つかっていないことから、まだ他に探索するべき場所があるのではと考えられる。

「この場には特に何もないか……うん？」

気分転換しようと軽く首を回していると、ふとキラリと光るものが目に入った。

それはキマイラの死骸近くに落ちており、こんなものがあったかと不審に思いながらもそれが何かを確認しようと近づいていく。

「玉？」

そこには直径一〇センチほどの玉が転がっていた。

玉の中は透き通っており、吸い込まれてしまいそうな美しさがある。

一応危険を考え、接触せずに金剛さんに判断を仰ごうと振り返ろうとした瞬間、その玉が眩《まばゆ》い光を放ち始める。

「なッ⁉」

俺は咄嗟《とっさ》にその場から退避しようとするが、その判断は少し遅く、全身を光に包み込まれてしまった。


光が収まると、俺は目を開き状況を確認するため周囲を見回す。

今俺がいるのは、キマイラのいた広間でも洞窟でもなかった。

地面から無数に生えている草木、どこに目をやっても緑で埋め尽くされている。

端的に言えば、そこは森であった。

「「……えええ……」」

思わず漏れた困惑の声が重なる。

隣に目をやると、同じようにこちらを見やる服部さんと目が合った。

「ああ、柳君。ちょっとほっぺ抓《つね》ってくれません。どうやら私、幻覚を見せられているみたいっす」

「奇遇ですね。俺も幻覚見てるんで俺の頬も抓ってください」

　お互いの頬を軽く抓る。

　……うん、痛い。残念ながら幻覚ではないようだ。

「おかしいっす。私たちさっきまで広い部屋みたいなところにいませんでした？」

「それが、キマイラの死体の近くに玉があったのですが、それに近づいたら突然光りだしたので、おそらくそれが原因ではないかと」

「なるほど、罠《わな》に嵌《は》められたわけっすね。いや、どうもおかしいとは思ってたんすよ。明らかに強者の匂いがするのに相手がただのキマイラだったっすから……これからが本番というわけっすね」

「え？　ああ、俺もそう思ってました」

　嘘だろ。普通にキマイラで終わりだと思ってたんだが。

　これが経験の差というやつだろうか。

　それにしても、まさか強制的に転移させられるとは……

　あとの二人はいったいどこだ？　違う場所に転移させられたのだろうか。

「う～ん、二人と本部の両方ともに連絡がつかないっすね」

「そうですか……とりあえず二人を探す意味も込めて探索します？」

「そうっすね、何が起こるかわからないので、お互い離れないようにだけはしときましょう」

い。


「了解です」

俺たちは周囲を警戒しながら森の中へと進んでいく。

しばらく歩くが、どこもかしこも異常に堅い木が林立しており、怪物の一体すら見つからない。

(このままなにもないのはマズイな)

いくら強いとはいえ、こちらはただの人間だ。食料と水の問題がある。日帰りの任務であったため、携帯しているものはかなり少ない。尽きるのも時間の問題であった。

「お？　なんか見えるっすよ！」

僅かに焦りを抱くなか、服部さんが喜びの声を上げ、彼女の指さす方に視線を向ける。

その先には少し離れた地点ではあるが、小さなテントが立てられていた。それも一つや二つではなく十は超える数だ。

お互いに顔を合わせ少し微笑む。

もしかしたら生存者がいるかもしれないとその場所に向け、俺達は足早に移動した。


「誰かいるっすか～」

数十分後、俺たちはテントのある地点に到着した。

しかし、人の気配がまったくせず、服部さんが声をかけるも一向に返事がない。

別の場所に移動している最中なのかも、と思いながらテントの中を確認していく。

（やはり誰もいないな……）

多少の食料があればと期待したが、それも残っていない。

これは誰か帰ってくるまで待つべきかと考えていたところ、五つ目のテントにてようやく人の姿を発見した。

「大丈夫ですかッ⁉」

しかし、その人物は倒れていて、とてもまともな状態には見えない。

すぐに駆け寄り、その様子を確認する。

（……死んでいる）

手首に触れてみるも、脈はなく完全に息絶えていた。

開いた瞼《まぶた》に手を当ててゆっくりと閉じる。

「その人は調査チームの一員みたいっすね。資料にあった人物の一人と一致するっす。他のテントも見てくるっす」

連絡が途絶えたという調査チーム。

生きている可能性は低いと考えていたが、やはり目《ま》の当たりにすると何かと思うことがある。

それは彼の姿があまりにも無残なものであったことも一つの要因かもしれない。

「それにしても、何にやられたんだ……」

死んだ男性の体には左腕がなかった。

それは嚙み千切られたというよりも、何かに穿《うが》たれたような傷跡だ。

この場所に転移する前の、洞窟内での怪物の仕業《しわざ》かと考えたが、こんな攻撃をするような敵はいなかったはずだ。

「他に何か……うん？」

そこで男性が右手に手帳を握っているのことに気づく。

あまりに強く握られているため、手帳は大きくひしゃげていた。

俺は遺書にせよなんにせよ、何か手掛かりになることが書かれているはずだと思い、彼の手から手帳を引き剝《は》がし、最初のページを開き中身を確認する。

『　調査一日目
洞窟内には、自然界には存在しないであろう植物が多数散見された。

サンプルとして持ち帰り、研究機関に提出する予定だ。

また、怪物も普通では考えられない数が襲い掛かってきたが、そのほとんどがEもしくはFランクの怪物であったため、掃討《そうとう》にはあまり時間はかからなかった』

任務の記録のようだ。書かれている内容は、先程までの俺たちの道中と同じである。

一日目は無事だったということは、洞窟への侵入そのものが転移の条件ではないということだろう。一定数の怪物の掃討か、特定の怪物との戦闘か。

彼らもキマイラとの闘いの後、この場所に転移したのだろうか。

疑問に思いながら次のページをめくる。

『　調査二日目
一度洞窟を抜け、態勢を立て直した後、再度洞窟内へと向かった。

一日目と変わり映《ば》えしない状況が続くが、洞窟の最奥《さいおう》にて不思議な扉を発見した。

警戒しながらその扉を開くと、突如として眩い光が我らを包み、気づいた時には洞窟ではない場所に転移させられていた。

そこは洞窟とは打って変わり、木々に囲まれた森であった。

外部との連絡もつかず、出口らしきものも見つからない。

とりあえず本日のところは拠点を確保し、明日から本格的な探索を始める。

前方に見える巨木に何かあるかもしれない』

どうやらキマイラとの戦闘はなかったようだ、ならばあの扉が転移の条件か。

しかし、何故俺たちはキマイラとの戦闘になったんだ？　俺と彼らの違いとすればその人数か、有する戦力か、憶測だけならいくらでもできてしまう。

「そして、巨木か」

俺はまだ目にしていないが、重要なものかもしれない。後で一度見に行った方がいいだろう。

「他のテントも見てきたっすけど誰もいなかったっす……柳君それ何っすか？」

服部さんがテントに戻り、俺の持つ手帳を見る。

「この男性の調査記録みたいですね。ここに何か手掛かりがあるかもしれません」

「ほう?」

服部さんは興味深そうな声を漏らすと、俺の肩越しに顔を出し、中身に目を通す。

「ああ、これに書かれている通り、目視っすけど一キロほど先に凄い巨木があったっす。たぶん数十メートルから一〇〇メートルは高さがあるかと」

「それは確かにでかいですね。この場所特有のものだったりするんでしょうか」

やはり一度その巨木を調べに行ってみようかと思いながら、次のページを開こうとする。

「ん?」

しかし、何かが貼り付いているのかうまく開かない。

少し力を込めると少し破けながらも開くことができた。

「ッ!」

視界に映ったおぞましい光景に一瞬、手帳を取り落としそうになった。

ペンを手にする余裕もなかったのか、そこから先のページは、血で文字が書かれていた。

『いったいあれは何なんだッ!?

あれは木などではなかった……一体の怪物であったのだ!

あれにはどのような攻撃も意味を成さない。燃えず、朽《く》ちず、際限がない。

調査チームの総力を挙げた攻撃で、どれだけ破壊しようと瞬時に再生し、無数の枝々が襲い掛かってきた。

調査チームは全滅した……

何もできず……蹂躙された。あれは間違いなく国を滅ぼし得る怪物だ。このまま野放しにすれば、いずれ日本は滅んでしまう。

誰か、これを読んだのなら……頼む。

未だあの場に取り残されている彼らの骸《むくろ》を弔《とむら》ってくれ。

そして、あの不条理の塊《かたまり》を……倒してくれ』

最後の行は涙の染《し》みか、文字が滲《にじ》んでいた。

思わず手に力が入り、手帳が歪《ゆが》む。

「……確か一〇〇メートルはあるって言いませんでした？」

「ええ、これはまいったっすねぇ」

二人の頬を冷たい汗が伝う。

大きさが強さに比例するとは限らないが、一〇〇メートルという巨体はそれだけでも十分な脅威《きょうい》だ。

そして、ここまで来れば嫌でも気づく。

今回の任務で殉職者《じゅんしょくしゃ》が出るという予言。

それは俺たちのことであろう、と。

西連寺さんの【空間転移】と金剛さんの絶対的な防御力がない今、その可能性は十二分にあり得る。あり得てしまう。

そしてもう一つ、おそらくその怪物を倒さないことにはこの空間から脱出できないということだ。確定ではないが、この事象に似た前例が存在する。

今までにも似たタイプの怪物がおよそ三体発見されている。

それらは己の空間に他者を引きずり込み、有利な条件で相手を嬲《なぶ》る。

共通していることは、その怪物を殺さない限り、その空間からの脱出は不可能であることと、その怪物が異常に強いことだ。その三体全てがSランク級の怪物に指定された。実は四体目もいるようだが、生還した人間が存在しないために推測しかできない。

（推定ランクSか……）

たった二人で勝てるのか？

そんな思いが胸中を占める。Sランクといえば場合によれば一つの国家さえ滅ぼせるほどの相手だ。Aランク級を討伐する推奨能力数値は15万以上、それに比べSランク級の推奨能力数値は30万以上、もしくは20万以上の能力者三名以上だ。

Aランクのおよそ倍の能力を持っていると言われているのがSランクだ。過去には一度奴らに滅ぼされた国も確かに存在する。最悪の想定としては、敵がSランクの中でも上位のものであることだ。奴らもピンからキリまでいるが、上位はまさに別格の戦力を誇る。そのレベルになれば、推奨能力数値は50万以上となり、この世界で問題なく対処できる存在はたった八名だと言われている。

そして服部さんの実力と俺の実力を合わせれば、おそらくは推奨レベルには届いている。ただ、相性がどうかまではわからない。記録に書いてあった際限がないという一文が気になる。打撃だけでは厳しいかもしれない。

「……悩んでも仕方ないな」

しばしの時間をおいて結論を出す。

どっちにしろ、そいつを倒さなければ戻ることができないのだ。

ならば倒す。それ以外に残された道など、はなから存在しない。

それにこんな記録を見た後だ……調査隊のことを考えると、その怪物に対する怒りが沸々と湧き上がってくる。

「それじゃあ、早速ですがその厄介そうな怪物のところに行きますか？」

「そっすねぇ、食料もさほどないですし、時間が経つだけこちらが不利になるかもですしね。サッサと倒して帰りましょうか！」

「了解です」

死体に黙禱《もくとう》し、男性の証明となるカードだけ回収してテントを出る。手向《たむ》けになるかはわからないが、去り際《ぎわ》に必ず倒すことを伝える。

目を細めて遠くに目を向ければ、確かに巨大な木が目視できた。

いくら攻撃しても効果はないという怪物。

しかし、この世に倒せない存在などいるはずがない。たとえ神であろうと死が存在するのだから。苛立《いらだ》つ心を抑え巨木に目を据える。

「待っていろ、すぐそこに行く」

俺たちは確かな覚悟を抱きながら歩み始めた。


テントから離れ、俺たちは巨木を目指して森の木々を掻き分けながら進む。

しばらく歩くと、先の方で小さな光が見えた。

前進するにつれ、その光は徐々に大きくなり、森を抜け出したところで俺たちはついに目的の巨木が生えている場所に辿り着く。

そこは今までと違い、草木が生えておらず、少し開けた場所だった。

ただ、目の前には見上げる首が痛くなるほど、空に届きそうなまでの迫力をもって巨木が聳《そび》え立っている。でか過ぎることを除けば、見た目だけは本当にただの大木だ。

「ここで間違いないっすね」

「まあ、周りを見れば一目瞭然ですからね」

巨木もそうだが、それ以外の要素でこの場に違いないと判断できた。

そこには壮絶な光景が広がっていたからだ。

モズの早贄《はやにえ》は知っているだろうか。野鳥であるモズが、捕らえた獲物を木の枝に串刺しにする習性のことなのだが、眼前の光景は、その獲物が人間に置き換わったものだった。

体を木の枝に貫かれた無数の死体。至る所に血が飛び散っている様は、まさに血の海と呼ぶに相応《ふさわ》しい。

串刺しにされていない人たちもいるが、全員が地に倒れ伏し、微動だにしないところを見るに、既に事切れているのがわかる。

一人でも生存者がいるのではと思っていたが、現実はそれほど甘くはなかった。

（……すいません。あなた方を連れて帰れる余裕はなさそうだ。だから、せめて仇《かたき》は取ります）

平静を意識しても漏れ出す怒りを抑え込むようにして、眉間《みけん》に皺《しわ》を寄せながら巨木に向けて一歩踏み込む。

ヒュンッ！

その瞬間、風を切って一本の木の枝が俺に襲い掛かる。

最初からそれがただの木ではないことがわかっていたため、驚くこともなく右腕で薙《な》ぎ払うようにしてそれを粉砕する。

『ホウ、凌《シノ》グカ』

不快な声が頭上から降ってきた。

見上げると、先程までは何の変哲もなかった巨木の幹に巨大な顔が浮き出ている。

思わず息を呑むほどに醜悪で、怖気《おぞけ》の走る顔だ。

（人語を解するか、知能が高いな。やはりSランク級と見て間違いないだろう）

「うわ〜、めっちゃキモイっすね……」

「SAN値下がりそうですね」

何とも気の抜けた会話だが、その声音には隠し切れない緊張の響きがあった。

国一つをも滅ぼし得るSランク級の怪物相手に、こちらはたったの二名。正直かなり絶望的な状況だと言える。

『カカッ！　我ヲ恐レヨ！　ソシテ絶望スルノダ！』

大木全体を揺らしながら叫ぶ声は、この空間全体に響くように轟《とどろ》く。

息つく暇なく、無数の枝が踊り狂うようにこちらに迫る。

俺と服部さんはその場から即座に退避して、それぞれ構えを取る。

俺たちがいた場所には鞭のように枝が叩きつけられ地面が大きく抉《えぐ》られていた。

（威力はそこそこ、柔軟性は十分、そして攻撃のタイプは無数か）

厄介なのは攻撃の軌道が読みにくいことだ。

避けたと思っても、突然その軌道が変化し追尾してくる。

最早、予測などまったく意味を成さないことを理解した。

「山砕《やまくだ》き」

ならば正面から破壊するまでだ。

枝が寄り集まり、迫り来る攻撃に対して拳を叩きつけ強引に吹き飛ばす。

「……ちッ！」

が、枝が千切れ飛んだのは一瞬。その断面から新芽が生えるようにして瞬《またた》く間に再生する。

その時間は一秒とかかっていない。これほどの速度で再生するのならば態勢を整える時間もまともに作れそうにない。

『無駄ジャ無駄ジャァア！　貴様等ト儂《ワシ》トデハ相性ガ悪イ。貴様等ニ勝チ目ナド、ハナカラナイワ！』

さっきからうるせえ木だな！

弱い犬ほどよく吠えると言うが、ちょっとは黙ってろよ。

追尾する枝を避けつつ地を蹴って高く飛び上がり、仰《の》け反《ぞ》るようにして両拳を構える。

「流星群《りゅうせいぐん》」

一撃一撃が圧倒的破壊力を秘めた拳が、雨あられのように怪物へと降り注がれる。

その暴威を前に怪物の体は次々に削られ、潰され、粉砕される。

雄大なる様で立っていた姿は今や見る影もなく、至る所に風穴が空いていた。

（足りないな、デカすぎて全身に拳が届かない）

『マダ理解セヌカ、ヤハリ人間ハ愚カ、不遜《フソン》、ソシテ滑稽《コッケイ》ナ存在ダナ』

元に戻っていく、時間が巻き戻るように。

穴も、吹き飛ばされた枝も数秒で完全に再生した。

（一定量吹き飛ばせば死ぬかと思ったが、どうやらそういうわけでもないみたいだな）

ここで追い打ちをかけることもできるが、相手が微塵も焦った様子がないことを考えると、ただ徒労に終わる結果が予想できる。

「う～ん、どうします？　いくら切っても無駄みたいなんすけど」

ナイフをクルクルと回転させながら隣に服部さんが現れる。

「何か核のようなものがあるのかもしれませんが、さすがにあの巨体を粉々にして見つけ出すのは骨が折れるので考えたくないです」

「じゃあ、地道に削っていきますか」

ナイフを逆手に構えるや、旋風《つむじかぜ》を巻き上げながら服部さんは駆ける。彼女目掛けて枝が幾度となく襲い掛かるが、彼女の速度にまったくついていけてない。

銀閃が走る度《たび》、次々と怪物を切り裂いていく。

（俺も止まってはいられないな）

「位階上昇――起きろ、戦神《マルス》」

枝が押し寄せるが、全て無視する。

先程の威力を見るに、今の俺に対し、その程度の攻撃ではまともなダメージとはならない。ならば敵の攻撃はある程度許容し、闘気を溜めて一撃の威力を上げる。

「鬱陶《うっとう》しい」

予想通りいくら打たれてもダメージはないようだが、いい加減しつこい。

（消し飛ばすか）

足に闘気を集束させる。

煌めく純白の闘気が強く、強く脈動する。

「服部さん、ちょっと離れてください」

「何を――」

服部さんの返答を聞く前に、つま先で軽く、トンッと地面を打つ。

それは誰もが日常で靴を履《は》く時に見せる動作と何ら変わらない。

戦闘中に何をやっているんだと、誰もが訝《いぶか》しむだろう。

それで何が変わるはずもないのだから。

――常識ならば。

「崩星《ほうきぼし》」

しかしながら、それは常識とは隔絶したものだった。

俺のつま先が地に触れた瞬間、俺を中心としたおよそ範囲一〇〇メートルを超高純度の闘気が駆け巡る。

ドーム状に広がる光は、周囲の木々に触れた瞬間、問答無用に粉砕していく。

数秒と経たずして、抵抗を許さず原子レベルにまで粉砕する暴威の進行により、俺の周辺は荒廃した土地へと早変わりした。

「危なッ⁉　死ぬかと思ったんすけど！」

上空に退避していた服部さんが、危なげなく地面に着地する。

「すいません。服部さんの速度なら巻き込まれることはないかと思いまして」

「まあ、実際巻き込まれはしなかったすけど……それより、ここまで破壊すればさすがに死んだっすかね？」

あ、それフラグです。

次の瞬間、足に振動を感じると、ムクリと大地が浮き上がる。

巨木の怪物が復活する……その数、三体。

（……いや、何で増えてるんだよ）

核があろうとも確実に破壊したと思ったが……少々しぶと過ぎないか。

「これがSランクか」

常識がまるで通用しない。

いや、常識外の攻撃であろうと通用しない。

『言ッタダロウ、儂ト貴様等トデハ相性ガ悪過ギルト。確カニ貴様等ノ予想通リ儂ニハ核ガ存在スル。タダシ――ソレハ私ノ肉体デハナク、コノ空間内全体ノ何処《イズコ》ニカダ』

……まさか、この広大な空間全体を指しているのか？

遠方を見やるも、空間の果てなどどこにも見えない。

（冗談キツイぞ！　範囲が広過ぎる！）

拳でちまちまと殴っていても無駄骨になるだけだ。先に体力の限界が来るだろう。

これはいよいよ、俺にも選択の余地がなくなってきたかもしれない。

『カカッ！　貴様等ガ、イツマデモツカ見モノダナ』

枝が集まり、槍のような形へと変わる。それも無数。

一拍置いてそれらが俺たち目掛け、空気の壁を貫きながら津波のように押し寄せる。

「ふッ！」

その攻撃を目視で全て破壊するが、意味のないことはわかっている。完全に再生する前に一度後方に退避する。

「ジリ貧だな」

しかし、このままでは奴を倒すことはできない。

こちらの武器は拳と短剣だ。そもそもこの広大な空間から核を見つけ出せるのか？

闇雲に攻撃しても意味はあるのか？

ただ、ここにいるのは俺だけじゃない。力を合わせれば何か策はあるはず……

「柳君、少し下がってください——そいつ殺すから」

薄い刃で背を撫でられるような怖気を感じた。

◇

「柳君、少し下がってください——そいつ殺すから」

私は殺気を滲ませながら、そう言い放つ。

柳君の能力は身体強化、この空間全域を攻撃できるほどの火力はおそらくないだろう。

ならば、少しでも可能性のある私がやるしかない。

「いやっ、ですが……」

戸惑うような声でこちらを振り返る柳君に、私は笑顔で答える。

「大丈夫。私が何とかするから、巻き込んじゃうかもしれないから、少し下がってて」

今からは、柳君のことを意識しながら戦う余裕なんてないから。

「加速《アクセル》」

いつもの光景だ。能力を発動すると同時に世界がスローモーションに映る。誰もが私の速度に追いつけない。

私の能力【加速《アクセル》】は、あらゆる対象、事象を加速させる力を持つ。

対象に触れてさえいれば、その者の死期さえ速めることができるが、それでも寿命を尽きさせるまでにかなりの時間がかかるので、残念ながらあまり実用性はない。ただ、言い返せば、時間さえあれば相手を確実に殺すことは可能だということだ。それ以外の方法でも使いようによっては天候さえも操作できる。

つまり私の能力は相当に応用力が高い。

（どこから潰そうか）

柳君があれだけ破壊してなお、焦る様子すらなく醜悪な笑みを浮かべているということは、怪物の核はここにはないと見た方がいいだろう。

怪物から視線を外し、森に目をやると地面を軽く踏みつけ、衝撃で浮き上がった小石を無造作に蹴り飛ばした。

それは加速しながら真っすぐに突き進む。

数秒で音速に達し、その軌道上に立つ木々を貫くに留まらず、その周囲の群生も巻き込み薙ぎ倒していく。

音速を超えたことで起こるソニックブームだ。ただ、石の強度が低いために空気摩擦《まさつ》によってすぐに消えてしまった。

『ヌッ！』

怪物が驚愕の声を漏らす。幹に浮き出る顔からは先程の余裕が僅かに鳴りを潜めた。

核があると自分から弱点を晒《さら》すなど、私たちを舐め過ぎだ。

戦闘服の耐久性では心もとないから、いつもはセーブしているが、久方ぶりの本気を出す。

「世界最速の力を見せてあげる」

脅威と感じたのだろう。空を覆い尽くすほどの数の枝が襲い掛かる。

私は体を大きく動かすことなく最小の動きでそれら全てを回避していく。スローモーションになった世界では、いくら手数が多いとはいえ、この程度の攻撃を避けるのは難しくない。

回避しながらも止まることなく動き続けることで、能力が累積《るいせき》されていく。

「もういいかな」

刹那《せつな》、私は数十キロを走破する。その際生じた風圧で、木々は半ばから倒壊し巨大な空白地帯が作られる。

瞬間移動と言っても過言ではないスピード。怪物には突然消えたように見えただろう。

私は止まらない。

一歩踏み出すごとに加速していく。

もっと、もっと速く！

この空間全てを一瞬で踏破できるまで！

『小娘ガァア！』

叫ぶ怪物に呼応するように新たに数体の怪物が地面から這い出る。

（厄介だ。無視して増え続けられても面倒だし、ここで一掃しよう）

疾走しながら手を素早く動かし、左右の短剣を順手持ちから逆手持ちへと変え、複数の怪物目掛け飛び出す。

「百花《ひやっか》繚乱《りようらん》」

音速を優に超える連撃が咲き乱れる。

眼前の敵の数は六、その全ての軀体が一拍置いて、ようやく己が切られたことを自覚したようにあらゆる部位がずれ始める。

「くッ！」

敵の攻撃をもらうことはないけれど、あまりの速度に体が悲鳴を上げ始める。

確かに私の能力は誰かに止められない限り加速し続けることは可能だが、その速度に体がついていけるわけじゃない。戦闘服の耐久性で、ある程度の衝撃から守られているが、それにも限界はある。

（そろそろ決着をつけないと死ぬかも……）

この速度で移動すればどんな小さな物体であろうと、ぶつかるだけで大きなダメージとなってしまう。今現在までその全てを短剣で凌《しの》いできたが、最早、大気が私にダメージを与え始めている。

（もう少し、あと少しだけ持って！）

『先程カラチョコチョコトッ！　イイ加減鬱陶シイワ！』

枝が集まり巨大な壁となる。

それで薙ぎ払われれば私も回避することは難しいだろう。

しかし、こちらの準備の方が先に整った。

今私の出せる最高速度に達する。

この状態は数秒と持続できないが、一瞬あればそれだけで十分だ。全力を振り絞り、最後の一秒の間に世界を踏破する。

「三千世界《さんぜんせかい》！」

空間全体を銀閃が駆ける。

雑草一本、その細部に至るまでゆっくりと切れ目が入る。

パキッ、と何かに罅《ひび》が入る音がした。

『バ、馬鹿ナ……』

その音は止まらず徐々に増していき、数秒後、ガラスの割れるような音が空間全体に木霊《こだま》した。

「かはッ！」

地面に着地した直後、体にかかっていた負荷が限界に達し喀血《かっけつ》する。戦闘服の耐久性はもうなく、ただの布切れだ。

体が限界を訴える。立つことさえ億劫《おっくう》で、視界がぼやける。

(でも、感触はあった)

確実に核を破壊した。

これで奴も倒れるだろう。その巨木が傾いて、

『グアアァァァ……アッハハハハハ！』

「……え？」

……倒れ、ない。

核を破壊されたはずの怪物は笑う、嗤《わら》う、嘲笑《あざわら》う。

木々の至る場所から顔が浮かび上がり、絶望の狂想曲を奏でる。

その体に崩壊の兆しは一向に現れない。

『イヤハヤ、マサカ儂ノ核ノ一ツヲ破壊サレルトハ思ワナカッタ』

その言葉の意味に気づき、顔から血の気《け》が引くのを感じた。

「はは、は……」

乾いた笑い声が漏れる。

——反則だ

まさか、核が一つではないとは……

どうやら私はまだ常識に囚《とら》われていたらしい。

もう諦《あきら》めたい。絶望が私の心を支配する。

何をしても無駄だと、もう一人の自分が囁《ささや》く。

嬲《なぶ》り殺しにされるより、いっそのこと自決した方が楽ではないのかと。

手に持つ短剣が異様に重く感じる。でも……

(彼を、柳君を死なせるわけにはいかないッ)

限界を超えて震えだす体を無理矢理動かし、短剣を再度構える。

彼の力は、部隊の今後に必要不可欠なものだ。

こんなところで終わっていい存在じゃない。

……今まで、何度も仲間が死んでいく姿を見てきた。

(もう、誰も死なせたくないッ！)

その中で必要だったものは私の速度ではない。いくら仲間を助けても、それを幾度も繰り返すのは限界があった。そして最終的に誰かしら死んでしまうのだ。

必要なのは、この理不尽を跳ね返すほどの圧倒的な力だった。

それに、彼をスカウトしたのは私だ。

私には彼を守り通す義務がある。

（私が死んだら、皆は泣いてくれるだろうか）

泣いてくれるだろう。

菊理ちゃんや萌香ちゃんは、かつて隊員が死んだ時と同じように号泣するだろう。

先輩方は人前では泣かないけど、一人になってから静かに泣くに違いない。

「舐め、るなッ！　たとえこの身が燃え尽きようと、貴様は道連れにするッ！」

体に鞭打ち、再度能力を発動させて加速しようとする。

「先輩、ちょっと休憩してください」

が、いつの間にかこの場に現れた柳君にそう声をかけられた。彼は何とも言えぬ表情をしながら私のもとに近づいてくる。

「後は俺がやりますから、先輩は膝枕の予行練習でもしててくださいよ」

「はぁ、はぁ……柳君には無理ですよ」

だから下がっていてくれ。

そう言おうとするも、柳君に肩を軽く押されただけで尻餅をついてしまう。

「な、何を……」

「ほら、もうボロボロじゃないですか。おとなしくしといてください。ああ、それと服部さんって普通に喋ることもできたんですね」

「こんな時に何を……」

絶望的状態だというのに、柳君の表情には緊張の色が少しも見えない。

「じゃ、まあそういうことで」

そう言うや否や、彼は怪物に向かって歩いていく。

その姿があまりにも自然体で今の状況にそぐわなかったため、あっけにとられこちらの動作が一歩遅れる。

「ちょっ！　待って！　くッ」

激痛が走り、足が思うように動かない。

限界だとはわかっていたが、柳君に押されたのがとどめとなったようだ。

『随分ト楽シメタ、貴様等ハモウヨイ、疾《ト》ク去《イ》ネ』

無数の枝が伸び、柳君を搦《から》め捕《と》っていく。

(何で抵抗しないの！)

にもかかわらず柳君は、一切抵抗する様子を見せない。

すぐに全身を枝で覆われてしまい、徐々に絞めつけられていく。

『カカッ！　儂ニ勝ツコトヲ諦メタカ！　何トモ不甲斐ナイ奴ヨ！』

いけない！

柳君が死んでしまう！

「柳君！　今助けに――」

「太陽神《ラー》」

静かな呟きが聞こえた。

それと同時に生じた眼前の光景に……私は声を失う。

柳君を拘束していたはずの枝が消え去る。

大気が揺らぎ、大地が悲鳴を上げる。

それらの現象を起こしたものが何かは知らない。

ただ、私にはあらゆる存在を絶滅させる太陽に見えた。

三章　その身は果てぬ太陽

――episode.03――


ああ……熱い……

体から灼熱《しゃくねつ》の炎が轟々と燃え盛る。

その熱に耐えられず地面がマグマのように溶けだす。

……やはり環境のことを考えれば戦神《マルス》が一番だな。周囲と自分への被害が格段に少ない。まあ、いずれはこの力も使いこなせないといけないが。

「はぁ」

思わず溜め息が漏れる。

それは服部《はっとり》さんに対してである。

彼女は部隊の生還率を上げるために俺をスカウトしたはずなのに、当の本人は俺に下がれと言い、一人で戦っている。血を流し、震える体に鞭《むち》打ちながら俺を生かすために全てを出し尽くそうとしている。

馬鹿か、と。

それでは本末転倒だろう。俺のいる意味がなくなってしまうではないか。

俺の能力を身体強化だと思っているにしても、他に方法はいくらでもあるはずなのに。

『何ダコノ忌々《イマイマ》シイ炎ハッ⁉』

怪物が驚愕《きょうがく》の声を上げる。

……そうだな、今は戦闘中だった。

服部さんへの苦言は後回しだ。まずは目の前の敵をさっさと駆除しよう。

「確か、俺たちはお前との相性が悪いと言っていたな。その言葉、そのまま返してやろう――

俺はお前にとっての死神だ」

◇

隼人《はやと》と敵との相性を考えるならば、今回に限らずあらゆる存在において、隼人はそれらの天敵だと言えるだろう。

隼人の真の能力は身体強化などではなく、己の存在を操作するというものだ。

今までの戦闘では隼人は自身の存在を戦神《マルス》に近づけることで、神そのものに近い力を発揮していたわけだ。そこで疑問が出る。では、己の存在を操作するだけならば、別に他の対象でもいいのではないかと。

何もその対象を戦神に限定する必要はないのではないかと。

回答は、是である。課せられた条件さえ順守されれば、あらゆる存在に己を昇華《しょうか》させる力。

それが隼人の能力、【超越者《トランセンダー》】の真価である。

『戯言《ザレゴト》ヲッ！』

怪物は激昂《げっこう》したように攻撃を繰り返すが、その一切が隼人に届かない。

数千度にまで高まった隼人の体表が全てを燃やし尽くしているのだ。怪物の枝は普通の木とは異なり炎に対して絶大な耐性を誇っているが、圧倒的なまでの火力がその耐性を無意味なものに変えていた。

「炎よ」

隼人の命じるままに炎が揺らめき、鈴奈《すずな》を包み込むように彼女を守護する。

無論、それは怪物からのではなく、隼人の攻撃からである。

隼人の体から発せられる熱量では意図せずとも、周囲の生物を焼き殺してしまうからだ。

『舐《ナ》メルナヨ小僧ォオオオ！』

怪物が赤黒く変色していく。

それは怪物の切り札であった。この状態は全ての攻撃に対して今まで以上に圧倒的な耐性を誇り、たとえ自分にとって弱点である攻撃を受けたとしても、ほぼ完全に凌《しの》ぎ切ることができる。それは眼の前の隼人の火力をもってしても同じことだと怪物は信じて疑わない。そこに疑問が生まれれば、先の道が全て崩壊してしまうから。

無数の枝が槍、大剣、槌《つち》、ランスと様々な武器に形を変え、隼人目掛けて躍《おど》り掛かる。それら全てがこれまでとは桁違《けたちが》いな威力を誇る一撃だ。

それに対し、その尋常ではない速さのせいか。それとも己の炎を過信しているのか。隼人は一歩も動こうとしない。

傲慢《ごうまん》な態度に苛立《いらだ》ちながらも怪物は笑みを浮かべ、『殺《ヤ》ッタ！』と確信した。

眼前に迫る攻撃に、最早隼人に回避する猶予《ゆうよ》はない。

次の瞬間には怪物の攻撃を受け、その臓物《ぞうもつ》を撒《ま》き散らす。

その例外は存在しない。

——はずであった。

「炎纏《えんてん》」

それは決して規模の大きい攻撃ではなかった。

いや、そもそもそれは攻撃ですらなかった。

青白い炎が隼人を包む。それはどこか神秘的で現実味を感じさせない朧《おぼろ》げなものだ。

それで何をするわけでもなく、怪物の想定通りに隼人は無数の攻撃をその身に受ける。

そのまま怪物の攻撃は隼人の体を突き抜け——ることはなく直進を続ける。

おかしな光景だった。隼人を貫《つらぬ》いていないはずなのに直進し続けるのだ。それはまるで炎が攻撃を呑んでいるかのような光景だった。

さすがにその異変に気づいた怪物は一旦攻撃の手を止め、己の腕を見やる。

『何ダ……コレハ……』

消えていた。

圧倒的な耐性を誇るはずの、目の前の小僧を殺すと確信したはずのそれが。

怪物は、その事実が信じられないのか呆けたように己の枝を見つめる。

何故、どうしたらこんな結果になるというのか。

「なにを疑問に思う？　これは当然の結果だ」

答えは簡単、絶対の耐性ではなかったからだ。

山が消し飛ぶ程度の攻撃であれば耐えられただろう。海が割れるほどの攻撃でも耐えられたかもしれない。

しかし、今の隼人はその領域を超えていた。

炎纏、その熱量は太陽にすら届き得る。怪物の攻撃はこれに衝突したそばから融《と》ける間も与えられず蒸発していったのだ。あまりにも一瞬で消えていくために、まるで炎に呑まれているかのように見えたのだ。

それほどの火力、本来であればその熱量に耐えられず空間全体が蒸発してしまうが、隼人が周囲の被害を極限にまで抑えるよう、熱を自身の周囲に集中させているために、空間はまだ耐えている状態だ。

　無敵の技に思えるが、まだ完全に制御できているわけではない。膨大な熱量によって、甚大《じんだい》な被害を及ぼしてしまうために、地球上ではほぼ使用できない技の一つだが、今回は幸い、怪物にとっては不幸極まりないことにこの空間は現実世界とは隔絶されたものであるため、周りの被害を気にせずに使用することができた。

「お前、一瞬勝ったと思っただろ？　紛《まが》い物とはいえ、神を前にして。太陽神を前にして。何とも愚か、滑稽《こっけい》過ぎて笑うに笑えん」

　地の底から響くような声だ。

　それに含まれるのは怒り。隼人であり、同時にそうでない者の怒りだ。

　存在を近づけるとは、同時にその対象の心理にも近づくということ。

　今隼人の心は隼人自身の思いと、己の存在を軽んじられたと怒り狂うもう一人、いや、もう一柱《ひとはしら》の心情が混在していた。

　これが隼人が能力を多用したくない理由の一つであり、使い続ければどうなるかは隼人自身にすら不確かなものだった。

　隼人は早急に決着をつけるべく炎に命令を下す。

「踊《おど》れ、狂乱《きょうらん》の道化《どうけ》」

　隼人の命令を受けた炎がピエロの姿を形作る。

それはサーカスなどで見る長袖の寛衣《かんい》を着て滑稽な動きをする道化役と何ら変わらない。

ピエロが数体作られたところで、それらは一様に踊りながら森へと飛んでいく。

そして森の中に降り立つと、各々が自由に踊りだした。

跳んだり跳ねたりする喜劇の道化は、その体を揺らめかせ、森を駆け回る。

『ヌッ⁉』

一瞬遅れ、現実に意識を戻した怪物がその不気味なピエロを潰《つぶ》そうと襲い掛かる。

先程の理解の及ばない現象は、一度意識の外に置いて。

そんなことはありえないと。何かの間違いであると考えないようにして。

そうでなければ、目の前の存在に何も通用しないことになるからだ。それは事実上の敗北と何ら変わらなかった。それも、ただの敗北ではない。何も抵抗できずに蹂躙《じゅうりん》されるという悲惨なものだ。

『消エロォオオオ！』

怪物は一心不乱にピエロに攻撃する。

しかし、ピエロは踊りながら避け続け、その姿はまるで舞踏会でのワルツのようであった。

そして終幕は訪れる。

踊り終わったピエロがその場で一礼する。

ドガァアアンッ‼

と同時にその体が爆発した。

ピエロを中心とした三〇〇メートル圏内の空間全てが吹き飛ぶ。それが複数回。

ピシッ、と二つ目の核が割れる音がした。

とはいえ未《いま》だ怪物が倒れる様子はない。

「しぶといな……」

一柱の心情も相まってか、隼人の気が荒くなる。

正直、狂乱の道化だけで全てに片がつくと思っていたため、今もって健在の怪物にいい加減面倒くさいと感じ始めていた。

(リスクはあるが早急に終わらせる方がいいな)

できるだけ長時間の能力使用は避けたいため、隼人は短期決戦を選択する。

「位階上昇——滅亡《ひときわ》の時だ、太陽神《ラー》」

隼人の炎が一際強く煌《きら》めき、その背後には後光のように六つの手が現れ、浮遊する。

『貴様ハ、イッタイナンナノダ……』

怪物が畏怖の声を漏らす。

目の前の存在はどう見ても人間のそれではない。そう、喩《たと》えるなら……『神』と言い表す以外の言葉はなかった。

隼人が左腕を前に突き出すと、後方六本の腕もそれに倣《なら》う。

続いて、その手には奈落の底を思わせるような漆黒《しっこく》の炎が生まれた。

「お前は人間を理不尽に殺してきたんだろ？　ならば俺も同じように殺してやるさ」

その瞳に殺意を込め、この戦いの終止符を打つ。

「終焉《しゅうえん》の焔《ほむら》」

漆黒の炎が放たれた。

それは森を次々に呑み込んでいき、瞬《また》く間に無へと誘《いざな》っていく。炎が通り過ぎた後には何も残らない。草木の一片、その灰燼《かいじん》すら存在することを許されない。

『グァアアア‼』

怪物はその炎から逃れようと藻掻《もが》き、漆黒の炎を搔き消そうとするが、炎は消えるどころかその威力をますます増していく。そしてついに、一切の抵抗を許さず敵を燃やし尽くす死の焔が、空間全てを支配した。

…………

『……アア……』

怪物が炎に焼かれ消えていく。

その間たかだか二十秒となかったが、怪物は己の体の全てを焼かれる苦痛を味わい続け、ようやく死が訪れた時その心を占めたのは、絶望ではなくようやく死ねることへの安堵《あんど》であった。

◇

「……やはりまだ完全に制御はできないか」

速《すみ》やかに終わらせるためとはいえ、少し無茶をし過ぎた。

能力を解いた瞬間、その反動で肉体が焼け始める。

(これで数日間は風呂に入れないぞ……)

これから火傷《やけど》に苦しむ日々が続くかと思うと、ちょっと泣きたくなってくる。

怪物が死んだことで、次々と空間に亀裂が入る。

パラパラと舞い散る空間の残滓《ざんし》を振り払いながら俺は服部さんのもとへと足を進める。まだ何があるかわからないというのもあるが、先輩に少しだけ文句を言ってやりたかったからだ。

あのような自己犠牲的な行いを看過できるはずもない。

服部さんに近づくと、彼女はどこか呆けた表情をしており、状況を呑み込めていないのか目をパチパチと開閉している。

「服部さん、体は大丈夫ですか？」

あれほど無茶な動きをしたのだ。肉体にも相応の負担がかかっているだろう、目に見える限りではたいした怪我はないようだが、筋繊維はボロボロになっているはずだ。

「え？　ああ、私は大丈夫っすけど。柳君、君はいったい……？」

服部さんは困惑したようにそう尋《たず》ねてくる。

身体強化の能力者だと伝えていた俺が突然別の力を使ったのだ。当然の質問かもしれないが今は答えるつもりはない。

「俺は柳《やなぎ》隼人で、それ以上でも以下でもありませんよ」

と、はぐらかす。

今回の件はどこか人為的な匂いがした。服部さんになら俺の能力について明かしてもいいかもしれないが、どこで誰が聞き耳を立てているとも知れない場所では迂闊《うかつ》に己の手の内は晒《さら》したくはない。

「それよりも服部さん、あの怪物と刺し違えるつもりでしたよね？」

「へ？　い、いや、何のことっすかねえ？」

視線をあちこちに向け、顔からはだらだらと汗を垂らしている。

……めっちゃ動揺してるし、それで誤魔化しているつもりなのだろうか？

俺がジト目で見ていると、服部さんはその視線から避けるように俯《うつむ》く。

「はぁ……俺は服部さんではないですから、服部さんが何を考えて戦っていたのかはわかりません。ですが、他にやりようはいくらでもあったはずでは？」

「は、はい……申し訳ないっす。頭に血が上っちゃって、まともな思考ができなくて、少し暴走しちゃったっす……」

　本当にそうだろうか。俺には服部さんがそこまで動揺しているようには見えなかったが。

　冷静に判断し、それでもなお自身が犠牲となることを選んだような気がした。

「俺もぐちぐち言いたくないので伝えたいことだけ言いますが。戦いに死ぬ覚悟で挑まないでほしいです。どうせなら、生き残る覚悟を持って戦ってください」

「生き残る覚悟っすか？」

　俺は仲間や家族を救うために、自らを犠牲にする奴が嫌いだ。

　どれだけその人を守りたいと思っていようとも、残される者にとっては誰かの犠牲の上で成り立つその後の人生など、たんなる呪いでしかない。

　だから俺は戦いにおいて己の命は絶対に懸《か》けない。

　ただ、それ以外の全ては懸ける。

　俺の腕だろうが、目だろうが、そんなもので家族を守れるならば安い代償だ。死ぬよりはずっといい。

「はい、生き残る覚悟です。多くの人があなたに生きていてほしいと願っていることでしょう。だから、その人たちの気持ちも考えてほしい、仲間が死ぬ辛《つら》さは服部さんの方がよくご存じのはずですよ？」

「……でも、世界のことを考えれば、絶対に二人が生き残れるとは限らない無謀な挑戦よりも、どちらか片方を犠牲にしてでも、有用な人物を残す決断は必要だと思うっす。今回はたまたま運が良かっただけっす」

「はっ」

もっともらしい理屈を並べ、自己犠牲を肯定するような服部さんの考えを鼻で笑う。

「世界のため？　そんなのクソくらえですね、知らない誰かが死んでも知ったこっちゃないです。地を這《は》ってでも生き残る方がよっぽどいい」

「ちょっ⁉　そんな言い方！」

このあたりが服部さんの地雷なのかもしれない、表情を一変させ俺を鋭く睨《にら》みつける。

急激に怒りの感情を溢《あふ》れさせたのがわかった。

「間違っていると？　俺はそんな誰とも知れない人たちよりも、服部さんの方がずっと大切だ。命を懸けるほどの存在だとは思えない」

それが当然だと俺は思う。

この世界には守るべき人々が過半数を占めるが、同様に滅すべき悪も多い。

だから俺は、世界というよりかは身近な知り合いのために戦うのだ。

「だったら……今まで死んでいった皆は何だったたって言うのよ！」

服部さんは激昂しながらそう叫ぶ。

彼女にとって俺の言葉は聞き流せるものではなかったのだろう。何せその考えは服部さんたちに後を託し死んでいった先人の行いを否定するものなのだから。

「私よりも生きたかった人がいた！　大切な家族を持った人がいた！　そんな人たちが自らを犠牲にして私たちに未来を託したの！　それを無駄だったたって言うの！」

目の端に涙を浮かべ、声を荒らげて、その胸の内に秘めた感情を吐き出す。

嫌悪、罪悪感、諦念《ていねん》、悲嘆、絶望、あらゆる感情が込められたその言葉を耳にし、俺は思う。

やはり呪いだ、と。

服部さんは犠牲になった隊員たちの亡霊に囚《とら》われている。そのことは本人も自覚してないかもしれないが、彼女の言葉からは〝そうでなければいけない〟という植えつけられた固定観念のようなものが垣間《かいま》見えた。

「無駄だとは言いませんよ」

「だったら！」

「でも、それが正解だとはとても思えない。事実、服部さんは今も苦しみ続けているじゃないですか」

日頃のあの破天荒《はてんこう》な生き様も、他の人の分まで生きなければいけない、という責任感からくるものなのかもしれない。

服部さんは良くも悪くも感受性が強い人だ。自分のために誰かが犠牲になる姿を見れば、それが心に及ぼす影響は計り知れないだろう。

る。


当然、限界は訪れる。

今回、彼女にとってこの状況は渡りに船であったのかもしれない。

ここで死ねばこれ以上苦しまずに済むと。無意識のうちにそう考えていた可能性は十分にある。

「私のことなんて、どうでもいい！　そんなことよりも」

どうでもいいはずがない。俺をそれまでの鬱屈した日常から掬《すく》い上げてくれた彼女が、そんな言葉を吐き出したことをどうしても許せなかった。

「どうでもよくないから言ってるんじゃないですかっ！　服部さんに後を託した先輩方が、助けたかった人々の中には、当然あなたも含まれている！　優れた能力を持つ隊員を残すという意味も当然あったでしょう。しかし、心の底から信頼している仲間のためでなければ、そもそもそんな覚悟すら湧かない！　あなたはそんな彼らのことを誰よりも見てきたはずだ！」

「だって、そうしないと……もう……何が正しいのかわからないよ……」

彼女の姿は幼い迷子のようだ。瞳は揺れ、体を縮こませている。

今まで信じてきたものが揺らいでいるのだろう。

その姿が何とも痛々しく、胸が苦しくなる。

本当にこの世界は狂っている。

何故服部さんが苦しまなければいけないのか……

誰よりも笑顔でい続け、誰よりも他人のことを想える優しい人が涙を流すのか。

もう見ていられなかった。だから俺は言葉を紡ぐ。

ずっと道化を演じてきた服部さんの、心の底からの笑顔が見たかったから。

「なら、服部さんが生き残る覚悟を持てるまで、生きたいと強く思える理由が見つかるまで、俺があなたを守ります」

◇

もう何が何だかわからなかった。

私は今まで世界中の皆が笑顔で生活できるようにと思い、ただひたすらに頑張ってきた。それが正しいことで、それが今まで己を犠牲にしてきた隊員たちの願いでもあったから。

今回窮地《きゅうち》に立たされたことで、私は瞬時に自分を犠牲にする選択をした。

それが世界にとって、最も良い選択だと思ったから。

でも、柳君はそれを馬鹿げていると言う。

なぜ最後まで生き残るために足掻こうとしないのかと。見ず知らずの人たちのためなどに命を懸けるのかと。

私は激昂するが、柳君の言葉を聞くと何が正しいのかよくわからなくなった。

確かに私は今も苦しみ続けている。

こんな思いは皆にはしてもらいたくない。

……でも、死んでいった仲間の思いも無駄にはしたくない。それが世界のためだと言うのなら自分の命を擲《なげう》つ覚悟がある。

けれど彼は言う。その隊員たちの願いの中には私たちが生きていくことも含まれているのだと。彼らの遺志《いし》を継いで、世界中の人たちを守るというのなら、その中には当然自分自身も含まれていなければならないと。

……本当に何が正解なのかわからない。

ただただ疲れたように心が萎《しぼ》んでいく。

もう、世界のためでいいじゃない。

それが一番綺麗で、誰もが笑顔になる最も平和な道なんだから。

私一人の命で大勢を救える鍵になるならそれで、

「なら、服部さんが生き残る覚悟を持てるまで、生きたいと強く思える理由が見つかるまで、俺があなたを守ります」

思考の途中、柳君がそう言い放つ。

「服部さんにはもっと自分のことを考える期間が必要なんだと思います。だからその時間ぐらいは俺が稼ぎますよ」

「何でそこまでするの……？」

わからなかった。何故彼がそこまでして私に手を差し伸べようとするのかを。

「俺を引っ張り出してくれたのが服部さんだからですよ。あのままだったら俺はずっと蒼《あお》に迷惑をかけ続けていたでしょうから。あなたは俺にとっての恩人なんです」

そんなことでと思うが、彼にとっては非常に大事なことなのだろう。私を見つめる瞳がその想いの深さを伝えてくる。

「今度は俺が服部さんを救う番だ。もし自分ではどうにもできない事態に陥《おちい》ったら俺の名前を呼んでください。必ず駆けつけますから」

自信満々に柳君は言う。

確たる根拠もないくせに。そんな言葉に何の意味があるというのか。

「服部さんはドンと頼ってくれていいんです」

「……いっぱいよりかかっちゃいますよ……？」

言葉が自然と出ていた。

……どうして自分はこんな言葉を返したのだろう。

そんなつもりなんて……ないはずなのに。

私の方が彼を支えないといけないはずなのに。

「はい、むしろ望むところです」

「凄く、凄く面倒くさいですよ……？」

「ははっ、もう十分に面倒くさいのでいまさらですね」

誰かに守るなんて言われたのが初めてだからだろうか、言葉に表せない感情が渦巻いて悲しみではない涙が頰を伝う。

「安心してください。俺は最強ですからね！　どんな困難であろうと物語のヒーローみたいに解決してみせますよ！」

「ふふっ、何すかそれ」

いつの間にか私は笑みを浮かべていた。

それはいつものそれとは違う、本心から出たものだ。

「ですから、もう少し頑張ってみませんか。他の誰でもない、自分の生きる理由を見つけるために」

柳君は手を差し出す。

その手を握ってしまえば、また苦しみ続けなければいけない。

本当に苦しくて、壊れてしまいそうな日々だ。

でも、それでも――

私はその手を摑んだ。

私の死を嘆《なげ》く人たちがいるから。

そんな人たちを守りたいから。

私を支え、守ってくれると言ってくれた優しいヒーローがいるから。

◇

その後の話をしよう。

怪物に取り込まれた空間が崩壊し、洞窟へと戻った俺たちは襲い掛かってくる雑魚《ざこ》を蹴散らしながら迷宮からの脱出を果たした。移動の最中、何やら口笛を吹きながら気分良さげな服部さんを見るに、多少なりとも彼女の力になれたのではないかと思う。

ようやく洞窟の出口まで戻ると、そこには今まさに迷宮への再突入を試みようとしていた金《こん》剛《ごう》さんと西連寺《さいれんじ》さんの姿があった。そしてその隣には桐坂《きりさか》先輩と何故か菊理《くくり》先輩の姿も。

「ははっ」

「もう大丈夫みたいっすね」

彼らの姿を見て、緊張していた心がほぐれ、自然と二人で笑い合う。

それは向こうも同じだったようで、俺たちの姿を見て、皆一様に安堵の表情を浮かべた。

事の経緯《けいい》を尋《たず》ねてきた金剛さんに簡単に説明し、帰還を優先しようとするも、菊理先輩の質問攻めと桐坂先輩の号泣ぶりがとにかく凄かった。

まず菊理先輩だが、どうやって予言を覆《くつがえ》すことができたのかをひたすらに訊《き》いてきた。

「何があったんですか！　隕石でも降ってきたんですか！　教えてください！」

という具合に必死な表情でこちらに詰め寄ってきた。

それに対して俺の回答は『超頑張りました』というもの。繰り返すが、俺は今回の件について何か陰謀めいたものを感じているため、できるだけ己の手の内は晒したくないわけだ。

当然そんな答えに満足しない菊理先輩は、服部さんにもどういうことかを問うが、俺は事前に俺の能力について喋《しゃべ》らないでほしいと伝えていたため、ほとんど俺と同じ回答しかしなかった。

徐々に眉間《みけん》に皺《しわ》が寄りだす菊理先輩に対し、金剛さんが『まあ、今はいいじゃないか。それよりも早く二人の治療をしないとな』と言ってなだめ、菊理先輩はそこでようやく俺たちの状態に気づいたようで、己の行動を恥じるように顔を赤くしていた。まあ、ぱっと見はたいして怪我してるようには見えないのでそこは仕方ないだろう。

金剛さんが俺に軽く目配せしたところを見るに、彼も何やら気づいていたようだが、あえて口に出さなかったのは、彼も今回の任務について疑問に思うところがあるのだろう。

そして次に、号泣していた桐坂先輩についてだが、

「何で治らないのですか‼」

と、俺の火傷がまったく治らないことに嘆いておられた。

患部に手をかざして治癒《ちゆ》しようとするも、一向に俺の火傷が引く様子はない。

(やっぱ簡単に治るものじゃないか)

まあ、この結果は最初からなんとなくわかっていたことだ。

仮にも神の炎で焼かれたのだ。そう簡単に回復するはずがない。

ちなみに先輩の能力が劣っているということは断じてない。服部さんの怪我をその患部に触れるだけで一瞬にして全快させたところを見るに、非常に優秀な能力者であることがわかる。さすがは稀有《けう》な治癒能力者だ。その歳で特殊対策部隊員に任命されるのも頷《うなず》ける。ただ、今回は相手が悪かっただけの話だ。

「ふっ、その程度では治りませんよ」

「どうして得意げなのですか⁉　怪我してるの後輩なのですよ！　やっぱり菊理ちゃんの予言は当たっていたのですよ、このままじゃ後輩が死んでしまうのです！」

と俺の治療を続けながら泣きじゃくっていた。

先輩が心配して俺の体をずっと撫でさすっていたのが、最も傷に障《さわ》ったのは、口が裂けても言えない。悲鳴を上げなかった俺を誰か褒《ほ》めてくれ。

その後、俺は特殊対策部隊の持つ医療機関に緊急搬送された。

◇

　そして、現在。

「口を開けてくださいね～」

「あ～ん」

　任務翌日の今日。

　結局、俺の火傷を治すことはかなわず、完治するまでここで療養することになった。目の前には非常に魅力的なメロンを揺らしながら天使のような笑みを浮かべるナースさんが俺の介護をしてくれている。眼福《がんぷく》である。俺はこの時のために今回頑張ったのかもしれないと思うほどだ。

「ナースさん。連絡先教えていただけませんか？　一生幸せにしますよ」

「ふふふ、ありがとうございます。でもごめんなさいね？　私には愛する夫がいますのでお気持ちだけもらっておきますね」

「……」

　絶望である。ナースさんの薬指にきらりと光るものが見えた。

　俺は天界から一気に地獄へと叩き落とされた。このナースさんは天使ではなく清い新品男性を弄《もてあそ》ぶ淫魔が見せた幻であったらしい。

　俺はハイライトの消えた瞳で朝食を食べる。すっかり心はぼろぼろだが、ナースさんはにこにこだ。

………

それから十分後。

地獄の生殺しタイムをようやく終えた俺は不貞腐《ふてくさ》れるように布団に潜《もぐ》る。あんなダイナマイトボディを思春期男子の目に晒さないでほしい。俺たちは繊細なお年頃なんだ……

この世の不条理を嘆く最中《さなか》、病室のドアがガッと開け放たれる。

「柳君、体調大丈夫っすか！」

そこには何やら香ばしいポーズを決めた服部さんが立っていた。

「……何やってるんですか？」

よく見れば彼女は何故かナースのコスプレをしていた。

えっ何？　今ナースのコスプレ流行《はや》ってるの？

つい最近にもどこぞの妹殿が同じことしてたよ。

「これはその……元気になってほしくて……」

香ばしいポーズから一転、恥ずかしそうに頬を赤く染め、腰をフリフリする姿は大変可愛らしいが、その発想が蒼そのものである。俺はそんなにコスプレ好きの変態だと思われているということなのか？　まったく、勘違いも甚《はなは》だしい。ただ脳内に永久保存するだけだというぐらいだ。ありがとうございます。

「その気持ちは嬉しいのですが……や、いいです。それよりも服部さんの方こそ体調は大丈夫なんですか？」

「ええ！　萌香《もえか》ちゃんのおかげで元気いっぱいっす！　もういつでも任務に就《つ》ける状態っすよ！」

「はは、それは良かったです。ですが、もう無茶はしないでくださいね？」

「も、もうしないっすよ！　だって……柳君が守ってくれるんすよね？」

うん……なんか今日の服部さんはいいな。

元気の中に恥じらいがある。

「ええ、守りますよ」

正直この言葉は強がりが大半を占めている。

俺は今の自分のことを最強などとは微塵《みじん》も思っていないし。誰かを完璧に守り切れるほどの余裕があるとも思っていない。

しかし、そうだとしても服部さんの笑顔が見られるのならそれでいい。ちょっとぐらいかっこつけてもいいじゃないか。

「っ!?　えへへ～」

嬉しそうに照れていらっしゃる。チョロ過ぎて少し心配になるレベルだ。

弟に褒められて照れる姉のような感じだろうか？

「あっ、そうそう報告があるの忘れてたっす」

「報告?」

思う存分照れまくった後、思い出したようにそう言葉をこぼす。報告の方が圧倒的に重要だと思うのだがそれでいいのか……

「ええ、今朝、突如として迷宮がその姿を消したんすよ!」

「姿を消した? あのバカ広い空間がですか?」

「そうっす! 跡形もなく消えたらしいんすよ」

何かあったのか? 俺たちがあの怪物を倒したからか? いや、それだと何故今日まで消えなかったのかが謎だ。

それとも誰かが消した? どうやって? そんな能力は聞いたことがない。う～ん、考えてもわからん。

やはり今回の件は何か裏がある気がする。完全に勘ではあるが、こういう時の勘は案外馬鹿にならない。ここを退院したら少し調べてみるか……

「何考えてるんすか?」

今回の不可解な件を考えていると、両の頬を柔らかい手で挟まれる。前を向くと、心配そうな服部さんの表情が見えた。

「何ひてるんれすか?」

「いや、柳君が眉間に皺を寄せていたので、何か不安なことがあるのかと……」

「ああ、いや、大丈夫ですよ。別に何もありませんから」

どうやら心配させてしまったようだ。

いかんな、表情に出ていたか。俺の悪い癖《くせ》だ。こういうのはチームの士気にも影響する。以後気をつけよう。

「それよりも服部さん、何か忘れてませんか？」

「ん？　何のことっすか？」

とりあえず話を逸《そ》らす。

まあ、こちらの話も俺にとっては大変重要ではある。昨日、出動前にレストランにて服部さんと約束したご褒美《ほうび》についてだ。

「膝枕《ひざまくら》ですよ！　膝枕！　忘れたなんて言わないですよね？」

「あ、ああ膝枕っすか、もちろん覚えてるっすけど。えっ、もしかして今からやるんすか？」

「当たり前でしょ！　俺は今癒《いや》しが欲しいんです！　さ、早く！」

「もう、仕方ないっすねぇ」

小さく溜め息をつきながらも俺の言葉を聞き受け、靴を脱ぎ、よいしょよいしょとベッドに這い上がり枕元で正座する服部さん。

「はい、どうぞ」

ポンポンと太腿を軽く叩き、俺に頭を乗せるよう促《うなが》す。

……勢いでここまで来てしまったが、何だか緊張してきた。年齢イコール彼女いない歴の俺にいきなりこれはハードルが高いのではないだろうか。

「え、えと……」

「もう、じれったいっすね！」

免疫のなさから、しどろもどろになっている俺の頭を摑み、無理矢理太腿《ふともも》に乗せる。

突然のことで驚いたが、次第にその心地良さに感情が安らいでくる。先程の件で波立っていた心も落ち着きを取り戻した。

……柔らかい。まるで天国のようだ。行ったことないけど。

「ど、どうっすか？」

そう尋ねる服部さんの頰はほのかに朱に染まり、かなり恥ずかしがっているのがわかる。この気持ちはなんだろうか、今ならSSランク級も相手にできるかもしれない。

「最高です」

この言葉以外に何があるというのか。

そうか、今わかった。俺はこの時のために戦っていたんだな？　よしっ、ならあの淫魔に見せられた幻のことはさっぱりと忘れよう！　全て夢だったのだ。

「それは良かったっす」

服部さんは嬉しそうに微笑み、俺の頭を優しく撫でる。頭を撫でられるなんて、最近では妹にあおられる以外ではなかった行為だ。

……聖母かよ。

傍《はた》から見れば、俺たちの姿はまるで教会に飾られている一幅《いっぷく》の絵画のように見えるかもしれない。もう、一生このままでいいかもしれん。眠ってもいいかな？　あっ、その前にちょっとぐらい太腿に触れてみようかな。俺頑張ったし、それぐらいならいいよな？

そっと手を魅惑の太腿に近づけ、

ガラッ！

もう少しというところで病室のドアが何者かに開けられた。

（空気読めやごるぁああ‼　あ？）

額《ひたい》に怒りマークを浮かせ、そのケーワイ野郎に目を向ける。そして固まった。

部屋全体を静寂が占め、俺の頬には冷たい汗が流れる。

その人物は冷ややかな目で俺を見ると、懐《ふところ》からスマホを取り出す。

ピッピッピ

「もしもし、警察ですか」

「ちょっと待てーい！」

「ちょっと近づいてこないでよ！　鈴奈《すずな》さんにコスプレさせて膝枕させて挙げ句の果てにはそ

の太腿をさわさわしようとしてた変態！　助けてください！　変態に迫られてます！」

「違うわ！　ちょっと服部さんからも言ってやってくださいよ！」

「あっ、やること思い出したので帰るっす。柳君もお大事に〜」

「服部さん⁉」

人に見られたことがよほど恥ずかしかったのだろう。顔を真っ赤にして超スピードで出ていってしまった。

くっ、もう少しだけ堪能《たんのう》したかったが仕方ない。

俺は渋々乱入してきたケーワイ野郎、ではなく愚妹に視線を移す。

「……その目はなんだ」

「お兄ちゃんの変態」

「っ⁉」

ガハッ！

まさか蒼に変態だと言われる日が来ようとは。そう言われないためにエッチなあれこれを厳重に保管していたというのにこれでは意味がないではないか！

「そ、それで？　何か用なのか？」

できるだけ決め顔でそう問いかける。

秘儀話題転換だ。このままではマズイ。俺のメンタルと兄としての威厳が死んでしまう。

「はあ、お見舞いだよお見舞い。家族が心配するのは当たり前でしょ？　まあ、どうせその怪我も怪物から受けたんじゃなくて、能力の副作用だと思うけど。でも、力をそれだけ使うほどの怪物がいたの？　案外日本の危機だったりしたのかな」

火傷と聞いてそう判断したらしい。よくおわかりで。さすがは俺の妹だな。

「かもな。Ｓはあったと思うぞ」

「ふ～ん」

ランクを言ってもあまり関心はなさそうだ。

まあ、蒼にとってはＳランク級と言われてもわからんだろ。こいつの能力の前ではＳとＦでも差はないだろうからな。

「あっ、それとそろそろお母さん呼んだ方がいいかも。数値上がってきちゃった」

「……ちょっとスマホ見せてみろ」

蒼からスマホを受け取り、能力数値画面へと移動する。

そこに表示されている数値は、

『９５０８０』

なかなかに高い。蒼がまだ中学生だとしたなら異常だと言えるほどには。

対抗戦でもわかる通り、優秀な高校生でも１万を超えるかどうかだが、この時点で９万を超えているのは全国広しといえども蒼だけではないだろうか。ただ、この数値はあてにならないものだが。

「そうだな。そろそろ呼んだ方がいいかもしれん。学校には気づかれてないのか？」

「うん、大丈夫」

こんな数値が知られれば大騒ぎだろうからな。

母さんも早めに呼ばないと蒼の体が心配だ。まだこの程度の数値なら問題はないと思うが、あまり放置し続けると危険だ。

「どこか異状はないか？」

「全然大丈夫だよ。今日も家でボクシングの練習とか藁《わら》人形を作ったりしてたから！」

「おいおいヤバイじゃねえか。頭に支障が出始めてるみたいだ。すぐに母さんに連絡入れるから安心しろよ！」

「えっ⁉　普通のことでしょ！」

「普通の中学生はそんなことはしない。もっとお淑《しと》やかな存在だ。決してそんな暴力的ではない！」

くっ、まさか俺の知らないうちに、そこまで体に異状をきたしていたとは……

やはり早急に母さんを呼ぶべきだな。

母さんの能力はかなり特殊だ。操作系でもなければ生成系でもない。

邪悪な存在にとっての特効的な存在である。母さんの力を使えば蒼の力を抑えることができるのだ。

俺はスマホの連絡先から母さんの番号を押して電話をかける。

『もしもし～　隼人？』

母さんは数コールで電話に出た。間延びした口調からはまったく緊張感を感じられない。

「あっ、母さん。できるだけ早くこっちに帰ってこれないかな？　蒼がヤバいんだ。どうにも頭に支障があるみたいでグフっ！」

脇腹に強烈な右フックが突き刺さる。

当然その犯人は蒼だ。ボクシングの練習の成果なのか、かなり痛い。

「ヤバくないよ！」

『本当に仲良しねえ。親としては嬉しい限りだわ～　ちなみに頭にはどんな症状が表われてるのかしら？』

「ああ、何故か家でボクシングの練習をしたり藁人形を作ったりしてるみたいなんだ。これは異常としか……」

『あら？　何もおかしくないじゃない』

おかしくない？　今おかしくないと言ったのか？

いや、さすがに聞き間違いだろう。ボクシングはともかく藁人形を作っているのは、どう考えても普通とは言わないし……

『は、隼人？　そこに隼人がいるのか⁉　お願いだ！　俺を助けてグワァアアア‼』

今……父さんの叫び声が聞こえたんだけど……

電話の先から物騒な物音が聞こえ、何故かスマホを握る手が震える。

『あらあら、あなたったらまだ元気があるじゃないですか？　もっとお仕置きができますね』

『す、すまない！　もう許してくれ！』

『もう他の女性を見て鼻の下が伸びないようにしてあげます』

『ヒイイイ‼』

ああ、そうだ……重大なことを忘れていた。

母さんは強烈なヤンデレだということに……

ただ、母さんのやり方は藁人形なんて生ぬるい手は使わず、もっと直接的なものだ。蒼の奇行も母さんが何か吹き込んだ結果なのかもしれない。

『隼人ぉおおおお‼』

まるでアニメの最終回のような絶叫から耳を塞《ふさ》ぐようにして、涙を流しながら通話ボタンをタップする。

すまない父さん。俺にはどうすることもできない……せめて骨は拾うよ。

数秒後、母さんからメールが届いた。電話じゃないのが逆に怖い。

『こっちの仕事も終わったから、お父さんと一緒に日本に戻るわね。

こっちにいると奇乳《きにゅう》の女の人を見てこの人がデレデレするから早々に帰ることにするわ。それと引っ越ししたと聞いたから後で住所を教えてね』

……奇乳とは？

母さんの胸は平均と比べると少々慎《つつ》ましやかだ。そのせいか、胸が大きい人に対しての憎しみが半端ない。

「お母さん帰ってくるの？」

「ああ、近々帰ってくるらしい。父さんがそれまで生きてればいいんだが」

「……まあ、大丈夫だよ」

「はあ」

ついつい溜め息が漏れる。

これは人選を間違えたかもしれない。

四章　影の陰謀

――episode.04――


名前を秘匿《ひとく》された日本の重要施設の一室。

そこには十数名が一つのテーブルを囲んで各々《おのおの》の席につき、ただならぬ雰囲気を発していた。

彼ら全員が国を守るために動く組織の要人たちだ。

「それでは会議を始める」

上座に着く男――白上《しらかみ》の宣言で会議が始まる。

白髪に年月を経《へ》た皺《しわ》の多い顔だが、男が体に纏《まと》う覇気は寄る年波をまったく感じさせない。

今回集まった要人たちの実質的トップに位置する存在でもある。

「議題はおそらく皆も知っている通り、高宮《たかみや》家の次女についてだ。彼女の能力の希少価値は計り知れないものであるのは理解しているだろうが、その情報がどこからか外部に漏れた」

高宮家、日本を代表する名家の一つである。

そして高宮家には今年五歳になる次女について、ある秘密があった。

その内容については、緘口令《かんこうれい》がしかれ、ごくごく一部の存在しか知り得ないものであったが、どこからか情報が漏洩《ろうえい》してしまった。

それにより様々な組織がおかしな行動を始めていると早々に報告が入り、国防の重鎮やら対秘密組織の統轄者《とうかつしゃ》などの上層部による緊急の集会が開かれた。この異例の事態は、それほどまでに次女の能力が異質であるということの表れでもある。

「犯人は特定され次第処理するとして、現状最も優先すべき問題は次女の身の安全だと考える。もう既に鼠《ねずみ》どもも動きだしているため、こちらも速《すみ》やかに手を打たなければならない。それについて、金剛《こんごう》はどう考えるか」

「はい」

当然、巨大な組織を揺るがすほどの大事となれば、相手が怪物でなくとも特殊対策部隊も動くことになる。

そのため、部隊の代表として金剛が会議に参加していた。

発言を促《うなが》された金剛は、少し黙考したのちに自らの案について発言する。

「資料によれば、高宮家には設計上Sランク級の怪物の攻撃にも耐え得る施設があるとしています。害を取り除くか、なにかしらの技術を用い身の安全が確保できるまではその施設にて保護するべきかと」

資料を見ながら金剛は内心で高宮家の力に驚いていた。

Sランクの怪物の攻撃にある程度耐えられる施設など、この日本でも片手の指で数えるほどしか存在しない。それを自前で持っているということからも、その力のほどが知れるというもの。

もしもこの施設をここ数年のうちに準備したものなのだとすれば、当主はいずれこうなることを薄々感づいていたのだと思うと、その慧眼《けいがん》には感服する。

「うちの西連寺《さいれんじ》を使います。一度訪れた場所でなければ能力は発動できないため、あらかじめその施設を西連寺が訪れる必要はありますが、外部に身を晒すことなく対象を保護することが可能です」

「それは少々困りますね」

丸眼鏡をかけた細身の男が、金剛の提案に口を挟む。

彼は九州にて救急隊の指揮を行う立場にある男だった。

「実は現在、九州で神隠し事件がありまして、その対処に西連寺さんの力を貸していただきたいのですよ」

「別に西連寺でなくともよいのでは？　牙城《がじょう》を送りましょうか？」

「いえ、これが人為的なものであれば他の方でもいいのでしょうが、どうやら怪物によるものの可能性が高いのです。防犯カメラの映像に民間人が突然消えた瞬間が映っていまして、別空間に引きずり込まれたのではないかと考えています」

「それは、本当ですか？」

金剛が疑念を込めて尋《たず》ねる。

男の話が真実だとすれば、特殊対策部隊としての優先順位が変わる。

先の任務でも示される通り、別空間に引きずり込む能力を持つ怪物はSランク相当の実力を持っていると言われているからだ。

もしも人間が囚《とら》われているのだとすれば、その怪物を討伐するか、西連寺のような能力者を用いて空間を脱出するしか方法はない。一人の少女よりも目の前の脅威《きょうい》を早急に潰《つぶ》さなければ後の被害は甚大なものになってしまう。

(事実ならすぐに動く必要があるが)

だが、なぜ事前に情報を伝達せずにこの場でようやくそのことについて発言したのか、あまり焦《あせ》りの窺《うかが》えない男の態度も不可解であり、到底信用できるものではなかった。

「この場で発表なさるということは、それだけの証拠が揃《そろ》っていると考えていいのですね」

「……ええ、もちろんです。確証を得られたのはつい先日のことでして、報告が遅れてしまいました」

息の詰まりそうな視線を向ける金剛に、男は喉《のど》を鳴らしながらも頷《うなず》く。

「金剛君、別に麗華《れいか》を送っても問題ないと思うよ」

「幽玄《ゆうげん》殿……」

重苦しい空気の流れていた議場に、その声はよく通った。

金剛に幽玄と呼ばれた男。金髪にほどよく鍛えられた肉体を持つ彼の姓は西連寺。特殊対策部隊所属の西連寺麗華の実の父親である。

西連寺家は主《おも》に化け物との戦闘に用いられる武器の供給において国を支えてきた一族だ。

高宮家には及ばずとも家としての力は大きく、また麗華の父親としても彼の発言は金剛も無視できるものではなかった。

「問題ないとはどういうことでしょうか？」

「高宮家には優秀な能力者が多い。それに当主の人望も絶大だ。救援を呼んだら、かなりの実力者が護衛任務に参加してくれることだろう」

「確かに、あそこには救急隊員だった者もいるとか」

「わざわざ特殊対策部隊を動かす必要もないのでは？」

幽玄の発言に同調するように他の者たちも発言する。

幽玄はそれらの人物にさっと視線を向けた後、柔和《にゆうわ》な笑みを浮かべて金剛に提案する。

「さすがに何もしないというわけにはいかないだろうから、高宮家には私から武器を送らせていただこう。特殊対策部隊にはその間、九州での怪物の掃討をお願いしたい。もしもSランク級が出現したというのならば国の危機だ」

国を優先するという、幽玄の発言は正しい。

正しいが、金剛としては素直に頷けるものではない。

（会長は？）

　ちらりと上座の白上に視線を移すが、なにも意見はないと静観する構えを崩さない。周囲の反応も確認し、これ以上言っても無駄かと判断すると、納得いかないながらも先に金剛が折れた。

「……わかりました。では、九州での件が片づき次第ですが護衛に参加する方向にしましょう」

「ああ、それがいいだろうね」

　意見が決まったのを見届け、白上が会議を締めるために口を開く。

「それでは特殊対策部隊は九州にて未確認の怪物の討伐《とうばつ》を、西連寺家からは高宮家に武器を手配することとする。こちらからも数名高宮家に能力者を派遣し、護衛につかせよう。以上で会議を終了する」

　各自解散していくなか、わだかまりの残る会議に金剛は眉を寄せる。

「金剛、少し時間はあるか」

「はっ！」

　頭を悩ませるなか、ふと白上に呼ばれ、彼の後ろをついてくるように言われる。

　建物内を移動し辿り着いた場所は防音の結界が付与された部屋だった。中には金剛と白上、そして彼を警護する者が一名のみだ。

「会長、わざわざこんな場所でということは」

「ああ、内密の話だ。先程の会議での話だが、特殊対策部隊から一人、高宮家の護衛に送ってほしい」

会長自身の口から、会議の決定と相反するような発言が出てきたことに金剛は驚く。

「よろしいのですか？」

「ああ、なにかあった際の責任は私が持つ」

「幽玄殿の発言を無視するのは今後の国防に関わるのでは？」

「問題ない。それに、これを提案してきたのはそもそもあ奴だ」

「そうなのですか！」

ならば何故会議ではあのような発言をしたのか。幽玄の行動がいまいち理解できずにいる金剛に白上が口を出す。

「あ奴の思考は読みづらいからな。だが、今回はかなりわかりやすい部類だぞ。上層部に巣くう鼠を炙《あぶ》り出そうとしておるのだ」

「鼠ですか」

「ああ、狡猾《こうかつ》な奴らでまったく尻尾を出さないが、そんな連中でも思わず飛びついてしまうぐらいには今回の獲物は大きい。だが、そんな中で最強の部隊が警護に就くとなればどうだ？用心深い連中は手を引くだろう」

どれほど大きい獲物だとしても、特殊対策部隊を敵に回すのはリスクが大き過ぎるということだ。

ゆえに、会議で幽玄はああ発言し、特殊対策部隊を別の任務に回した。

「国を仕切る者たちの中に害となる存在があってはならん。この機会に一掃する。徹底的にやれば他の者たちもおかしな気は起こさないだろう」

重くのしかかるような言葉に、数多《あまた》の怪物を前にした金剛でも少しだけ気圧《けお》された。

会長の存在に感謝しながら、護衛につける能力者を頭に思い浮かべる。

「ならば表立って注目されていない者を潜《もぐ》り込ませればよいわけですね」

「そうだ。ちょうど一人いるだろう？　まだそこまで注目されておらず、かつ非常に優秀な新人が」

一部の者を除き、上層部のほとんどが彼の能力数値に眉を寄せた新入隊員だ。

「わかりました。まだ新入りだというのに、彼には申し訳ないですね」

「はっはっは、後で私からもなにか贈らなければな。とんでもないブラック組織だと思われてはたまらない」

まあ大丈夫だろうと笑い合う二人。ここに隼人《はやと》がいればもう手遅れだと文句を言っていたことだろう。

「それで？　その新人はどれほどの強さを持っているのだ？　わざわざ情報の制限を私に頼むほどだ。相当買っているのだろう？」

迷宮での情報は、既に情報局に伝えられて周知の事実となっている。

ただ、その内容はSランク級の怪物を特殊対策部隊員二名が討伐したというもので、詳細についてはなにも書かれていない。

さすがに上層部には、伏せられた二名について明かされているが、その内容は事実とは大きく異なったものだった。

この対応は、おもに隼人の存在を保護するために金剛が取った処置である。見る者が見れば隼人の特異性がわかる。わかってしまう。

その実力が知れ渡ればどうなるか、もしかしたらよい方に転がるかもしれないが、彼の経験から、どうしても楽観的な考えはできなかった。

せめて、知れ渡るとしても、その立場を確固たるものにしてから、味方を多く作ってからでも遅くないと金剛は考える。

「ええ、強いですよ。まだ軽く手合わせをした程度ですが。おそらく俺と同等か、もしかしたら……香織《かおり》と肩を並べるほどの可能性もあります」

もうこの世にはいない隊員の名を出し、懐《なつ》かしげに微笑を浮かべる。記憶の中で笑う一人の女性の姿を金剛は思い起こした。

「それは、凄いな。まだ成人もしていない少年がそれほどの力を持っているとは」

「うちの部隊は将来有望な連中だらけですよ。柳《やなぎ》と一つしか変わらない服部《はっとり》も、既にAランク級を単体で討伐できるほどの実力は兼ね備えていますから」

「それを聞けて安心したよ。どうやら日本の未来は安泰のようだ」

満足げに息を吐き、茶を啜《すす》る白上に、隣に立っていた警護の男が慌てたように何かを耳打ちする。彼は緊急の際に、外部との連絡役を兼ねた精神感応《テレパシー》の能力者だったようだ。

「なッ!?」

どこまでも冷静さを崩さぬ態度を示していた白上だが、もたらされた情報に思わず声を出した。

「どうされました？」

そのただならぬ表情に金剛が尋ねる。

茶を置き、しばし呼吸を整えた白上は、静かにその内容を口にした。

「日本に、【破壊王《はかいおう》】が上陸したらしい」

◇

早朝の空港にて、ある男が日本に降り立った。

「日本に来るのは久しぶりだぜ。飯が相当美味《うま》いからもうちっと来たいんだが。さすがに長いこと空けるとアメリカが心配だからな」

帽子を被り、サングラスをかけた芸能人のお忍びスタイルのような恰好で、飛行機から一人の男が降りてくる。

ただ、そんな恰好をしていようとも、隠し切れない男の鍛え抜かれた体が周囲の視線を引きつけていた。

「うぉっ、なんだあの筋肉！　腕の太さが俺の二倍はあるぞ」

「身長も高いなあ、二メートル近くあるんじゃないか？」

「あれ？　あの人どこかで見た気がするんだけど」

ざわざわと話し声がするなか、どうでもいいというふうに男は堂々と進み、楽しげな笑みを浮かべている。

「これなら目立たねえと思ったが、そういうわけにはいかなかったらしい。ジャックに訊《き》いたらいい方法でも教えてもらえるんかね？　おっ、飯屋」

独り言を呟《つぶや》きながら視界の中に店を見つけると、迷いなく店の暖簾《のれん》をくぐり、席に着く。男の体格に椅子が合わず、尻が少しはみ出している。

「こちらお冷やです。注文が決まりましたら、そちらのボタンでお知らせください」

「もう注文いいか？　とりあえず、メニュー表に書かれている料理を全部一品ずつ持ってきてくれ」

「はい、料理を全品一つずつ……ってえぇっ⁉」

お冷やを持ってきた店員に男が注文する。いつも通りに対応した店員だが、一瞬遅れて注文内容を理解し、思わず驚愕《きょうがく》の声を上げた。が、すぐに後から連れの団体が来るのかもしれないと考えつくと、失態を隠すように一度咳払《せきばら》いし、注文に間違いがないか尋ねる。ちなみにだが、後から団体が来る予定はなく、男は一人で全て平らげるつもりだった。

「おう、じゃ頼むぜ！」

「かしこまりました。少々お待ちください」

料理ができるまでの暇潰《ひまつぶ》しにスマホを取り出し、軽くニュースを流し見る。

（日本でなにか面白いものはと。おっ、迷宮？）

目に留《と》まった記事は、人里から離れた場所にあった迷宮らしきものについてだ。

残念ながらその迷宮は既に消失したと書かれているが、記事の中に興味深い一文があった。

『特殊対策部隊員二名にて、Ｓランク級と推定される怪物を討伐』

Ｓランク級、しかも新種の怪物だという。

何故ランクまで推定できたのかと疑問に思う男だが、別空間に引きずり込むタイプだと記事に書かれているのを見つけ納得する。

「ふむ、確か日本には十五位がいたか。なら討伐も不可能ではない、か」

ただ一つ男が疑問に思うことは、誰それが討伐したのか記されていないというところだ。

記事には討伐を成した人数は書かれているが、詳しい内容は皆無。どこかで意図的に情報が伏せられていることは明らかだった。特に決まりがあるわけでもないが、通例としてはその人物の名前を明かし、どんな活躍をしたかを知らせることで、それほどの人物が国を守っているのだと民衆に安心感を与えるという意味があった。

（もしかしたら予想以上に面白い展開になっているのかもしれないな）

ちょいと探ってみるのも面白いかもな、などと考えながらスマホをスクロールする男に、ふと別の人間の影がかかる。

「ん？」

顔を上げれば、席の隣には黒服を着たSPといった風情《ふぜい》の男が立っていた。

「おぉ、日本政府は動きが早いこって。別に俺のことなんざ気にする必要はないと思うが。暇なのか？」

「申し訳ございません。ただ、レオン様の行動お一つが国を動かしかねないものですので、こちらもなにもしないわけにはいかないということをご理解していただきたく」

「悪い悪い、冗談だからあんまりかしこまらないでくれ」

黒服の男性にレオンと呼ばれた男は、口角を僅《わず》かに上げて相手に対面の席に座るよう促す。同席できるような立場ではないと渋る黒服だが、それでは居心地が悪いというレオンの言い分に、周囲の反応を見た後ようやく席についた。

「一つお訊きしておきたいのですが、今回の訪日の目的はなんでしょうか」

「特に大層な理由があるわけじゃねえ。ただ、勘が働いたんだ」

「勘、ですか？」

「ああ、おそらくだが、かなり面白い奴が出てきたな。こういう時の俺の勘ってのはかなり当たるんだよ」

どこか確信じみた態度を見せるレオンの発言を聞き、黒服の男は日本の強者に関しての記憶を探る。

真っ先に思い浮かぶのはやはり世界序列十五位の金剛武《たけし》だ。しかし、レオンの口調的には今まで世に知られていなかった存在が、姿を見せたというものに聞こえる。

（新しく表舞台に出てきた実力者は数名いる。ただ、中でも最も成果を上げているのは）

幾つかの候補が挙げられるが、その中から絞るとすれば、容易に一人の存在が浮かび上がってくる。

レオンはそんな男の様子を確認すると、ニヤリと笑みを浮かべて自身のスマホの画面を男に見えるように前へと持っていく。

「それでお前さんよお、この記事についてなんだが。この二人ってのはどんな奴らだ？」

「そ、それは」

「知ってるんだろ？　俺の前じゃ機密事項なんざ存在しねんだから、うっかり口を滑らせちまっても問題ねえと思うが」

「ご、ご注文の品です」

「ん、おぉ美味そうだな！　ありがとさん」

まるでカツアゲの現場に遭遇してしまったかのような表情で、いくつかの料理を運んできた店員は、テーブルの上にそれらの品を慌ただしく乗せると足早に去っていく。

「そう言われましても。ここでは人の耳が多過ぎます」

「まあ、そうだよな。じゃあ一つだけ質問だ。その二人の中に十五位は入っているか？」

「……いえ、他の二名での討伐だったそうです」

小声で言う黒服の言葉に、レオンは笑みを深くしてこれからどう動くかを考える。

「とりあえず食うか。お前さんも食べな。メニュー全てを一品ずつ頼んだから遠慮するな。とはいえ払うのは俺じゃないんだが」

「メニュー全品ですか！　凄《すさ》まじいですね。ですが、そういうことなら一ついただきます」

黒服の男はゆっくりと食べるが、レオンは運ばれてくるそばから器を空にしていくため、食事にかかった時間はそれほど変わらなかった。

「ふぅ、食った食った。そういや、俺の動きを把握したいってことは、ついてきたいってことか？　それともスケジュールでも送ればいいのか？　俺は行き当たりばったりだからそんなもんは作れねえぞ」

「差し支えなければご同行させていただきたいです。日本に滞在されている間はいろいろと私どもがお役に立てると思いますよ」

「周囲をうろちょろされるよりかはよっぽどいいか。じゃ、滞在中は案内でも頼もうか」

（わざわざ使われてやるというのなら存分に利用させてもらおう。後でいくつかピックアップしておくか）

なにやら企《たくら》んでいそうな笑みを浮かべるレオンの姿に、黒服は若干《じゃっかん》顔色を青くしながらも、職務を全《まっと》うするため己に活を入れる。

（ここで好き勝手に動かれる方が後々危険なんだ）

目の前の男を一言で表すとすれば、大英雄である。

彼の功績は他の追随《ついずい》を許さず、誰もが彼の背中に憧《あこが》れるだろう。

この場の黒服も当然その一人であり、レオンに絶大な尊敬の念を抱いている。

ただ、一つ。レオンには問題があった。

彼の戦い方があまりに苛烈《かれつ》であったため、怪物以上に周囲へ被害をもたらしてしまうことが多いのだ。

黒服は日本の街中でそんな事態が起こってしまったらと思うと、顔が青褪《あおざ》めるのを通り越して黄土色になってしまう。

「じゃ、行くか」

そんな自分の気も知らず、店を出るレオンの姿に溜め息をつきたくなるのを抑え、黒服はその後をついていく。ただ、大英雄の傍《そば》で仕事ができる事実には、大変に感謝していた。

◇

そこは人が寄りつかない廃ビル。


その中の一室。仄《ほの》かに暗い空間に数人の影があった。

「ふむ、まさか倒されるとは思っていませんでしたねぇ」

そう言葉を零《こぼ》すのは、丸眼鏡をかけた白衣の男だ。

怪しげに笑い、その瞳にはおぞましいほどの狂気が宿っている。

「はっ！　やはり俺様が出るべきだったんだ！　あんなもやし野郎じゃ話にならねえよ！」

怒声を上げる男の容姿は、明らかに人間のものではなかった。

額《ひたい》からは禍々《まがまが》しい角が二本、肌色は黒に近く、皮膚に浮き上がる血管を見れば、赤黒い血が流れているのがわかる。

誰が見ても明白なその存在の名は――『鬼』だ。

それは日本の民話などで語られる伝説上の存在。

頭に角を生やし、その手には棍棒を持ち、人を襲い喰らう。地獄の獄卒《ごくそつ》としても有名だろう。

ただ、この場にいる鬼はその手に棍棒を持たず、その代わりに何故か酒の入った瓢簞《ひょうたん》を握っていた。

怪物と人間が同じ場所で喋《しゃべ》っている。それだけでもこの場がどれだけ異常な状況であるかがわかるだろう。

「さあ、それはどうかのう」

しゃがれた老人のような声が響く。

鬼と白衣の男は、その声を発した人物へと目を向けた。

そこには何とも形容しがたい靄《もや》があった。

いや、僅かに人の輪郭が見えるが、何故かしっかりと視認することができない。そのどこか摑みどころのない姿は、意識しなければすぐにでも見失ってしまいそうになるほどだ。

「どういうことだ?」

鬼が尋ねる。

本来であれば、己の力を疑われるようなことを言われれば、激怒するほどにこの鬼は血の気が多い。

にもかかわらず、靄に冷静に問いかける姿は、その靄がただものではなく鬼が認めるほどの存在であることの証明であった。

「あ奴は臆病者じゃ。絶対に勝てる相手しか空間に引きずり込まん。今回も勝てると踏んで挑んだのじゃろう……しかし、負けた。これの意味することがわかるか？」

「弱かったからじゃないのか？」

死んだ者にさして興味のない鬼は、どうでもいいというように淡々と言い放つ。それに続き白衣の男が口を開く。

「ふむ、イレギュラーの存在ですかね。彼は物理攻撃で仕留めることは不可能に近い。何せ空間全域のどこかに存在する核全てを破壊するには圧倒的に射程が足りませんからね。考えられる可能性としては二つ、絶対者クラスの能力者がいたか、可能性は限りなく低いですが……多重能力者がいたかですかね」

「いやいや多重能力者はあり得ないだろ！　理論上は能力の複数所持は不可能ではないというだけで、まず魂の器が持つはずがねえ⁉」

すかさず白衣の男の意見を鬼が否定する。

何せ多重能力には大きな欠陥があると知っているからだ。

「いや、もしかしたらあり得るかもしれんぞ」

「何？」

多重能力者、それは人類が求める絶対的な存在だ。かつて、あらゆる機関がその総力を挙げて多重能力者を造り出そうとした。あらゆる状況に対応が可能な能力者がいれば、その価値は計り知れず、怪物に占領された区域も取り戻せると考えたからだ。その結果はある意味では成功であり、同じく失敗でもあった。

多重能力者を造り出すことには成功した。その力は研究者たちの想像通り、いや、想像を遥《はる》かに超え、圧倒的な力で以《もっ》て怪物のことごとくを殲滅《せんめつ》した。

……しかし、その一週間後。猛威を誇った多重能力者は命を落とすことになる。

足りなかったのだ……何もかもが。その肉体も魂の器も、複数の能力を持つには狭すぎた。

それが普通の能力者だったならまだしも、当時の世界序列一桁《ひとけた》台の実力者だったため、他の能力者では、より不可能であることは確実だった。

各国の機関はこの結果をもって多重能力者の研究から手を引いた。研究に必要な莫大《ばくだい》な費用とそれによって得られる結果が釣り合わなかったためだ。

だから鬼は言う。あり得ないと。

しかし、そのことは目の前の靄も当然知っている。故《ゆえ》にその根拠を述べる。

「お主《ぬし》の意見はもっともなものじゃ。じゃが、儂《わし》が迷宮を回収に行った時、微《かす》かじゃが炎の能力を使った痕跡が残っておった。炎と言えば、あ奴が最も警戒すべき存在じゃろう」

「そりゃそうだが、ただたんにしくじっただけじゃないのか？」

「奴は敵の能力を知っていたはずじゃ。わざわざキマイラをあてがったのだからな。僅かでも己が敗北する可能性があるのなら空間に引きずり込むような真似はしないはず……つまり、あ奴にとって予想外の人間が炎を操ったことになる。可能性としては多重能力者の方が高いのではないかと儂は思う」

半信半疑ながらも、靄の言葉に頷く鬼。

突如として消えた迷宮。その犯人こそこの靄である。誰にも気づかれることなく、あの廃工場に近づき迷宮を回収したのだ。監視衛星による警戒さえもすり抜ける存在。重要施設に忍び込まれでもすれば、対処は難しいことは確実であろう。

「まさか……天然ですか⁉」

靄の話を聞いていた白衣の男がなにかに気づいたのか、突然目を大きく見開き、興奮するように顔を赤くして叫んだ。

国が秘密裏に多重能力者の研究を続けていたという可能性もゼロではないが、多重能力者という特別な存在を今回のような不確かな任務につけるはずがない。それに、何か動きがあれば多少なりとも情報が回ってくるぐらいには男の地位は高かった。

総合して、その存在が多重能力者であった場合。人為的なものではなく、何にも手を加えられていない生まれつきの存在である可能性が極めて高いということだ。不可能であると思われた多重能力を身に宿した存在、その価値は計り知れない。

「欲しい！　何としても手に入れましょう！　ああ、早くその体を解剖したい！　どれだけ貴重な情報が手に入れられるのかっ！」

「落ち着かんか。先を急げば足をすくわれるぞ」

呆れるようにたしなめる霧によって、白衣の男は平静を取り戻し、軽く咳払いをする。

「失礼」

「いや、よい。貴様にも目的があるのだからな、昂《たかぶ》る気持ちはわかる。じゃが今回集まった理由は他にある」

「何か見つけたのか？」

「ああ、少々面白い能力者を見つけた。その能力の名は【起源昇華《オリジンサブライム》】。生物に限らずあらゆるものの能力を底上げする力を持っている」

「私の情報通りだったでしょ？　わざわざ確認しなくてもよかったではないですか」

「用心を重ねただけじゃ」

「あの能力は本当に素晴らしい！　是非とも攫《さら》ってきてください！」

白衣の男は面白そうに薄く笑う。

その力をこちら側に取り込められれば、かなり戦力が強化されるだろうと。

そしてその際、能力者の意思は関係ない。脳さえ無事であればいかようにもできる。ならばそのおもちゃでいくら遊んでも構わないだろうと考えていた。

「ああ、言われずともそのつもりじゃ。問題はかなり警護が固いということだ。なにぶんそ奴はかなり力ある一族の身内らしくてのう、優秀な能力者がわんさかおる」

「そりゃ楽しみだ！　今度こそ俺が出てもいいよなあ！」

獰猛《どうもう》な笑みを浮かべ闘志を燃やす鬼。漏れ出た覇気だけで建物に亀裂が入る。

霸は苦笑を浮かべながらも僅かに肯首《こうしゅ》したように見えた。

「まあ、良いじゃろう。近々別の場所に移動するため外に出るらしいからの、その時を狙って確保する。お主がなにかしたのか？」

「ふふっ、これで、より動き易くなったのではないですか？」

「はは！　腕が鳴るぜ！　何なら特殊対策部隊の奴らも来ねえかな、多重能力者とも戦ってみたいんだが」

「貴重な存在ですから、もしいたとしても壊さないでくださいよ？　貴方《あなた》は少々やりすぎますからね」

「そりゃあ相手次第だな。気の抜けた攻撃ばっかかするようじゃ、ついつい潰してしまうかもしれん」

「はあ……本当に脳筋ですね」

新たな闇が表舞台に登場する。

五章　狂猛な舞踏

——episode.05——


怪我《けが》もすっかり回復し、入院して五日後には退院することとなった。

医療機関の関係者たちがその異常な回復速度に驚いていたが、その理由を教えるつもりはない。俺はこの五日間、常に闘気を体に循環させることで回復力を向上させたのだ。こんなことを伝えたところで誰でもできるわけではないからな。

普通数時間もあれば完全回復するのだが、それと比較してこの火傷《やけど》の回復にはかなりの時間がかかってしまった。やはり神の力は凄《すさ》まじいと改めて感じる。

それから大事を取って一週間の養生《ようじょう》を終えた後、ようやく現場に復帰する運びとなった。

そして早速俺は本部の会議室に呼ばれ、朝早くに出勤している。とんだブラック組織だ。

「おはようございます」

ドアを開き、会議室の中を見回すと前の方に金剛《こんごう》さんの姿が見える。

「ああ、おはよう。見たところ怪我はすっかり治ったようだな」

「ええ、おかげさまで。それよりも他のメンバーは後から来るんですか？」

「それも含めて説明しよう。とりあえず座ってくれ」

促されるままに近くの席に腰を下ろす。

どこか緊張している金剛さんの様子を見るに、それなりに重要な用件があるのかもしれない。

ついこの前、Sランク級の怪物と対峙《たいじ》したばかりだというのに……運が悪過ぎるだろ俺。

「今回呼ばれた理由はなんなのでしょうか？」

「ああ、まず今日ここに呼んだのは柳《やなぎ》だけだ。それというのも、柳には今回単独で特殊任務を遂行してもらおうと思う」

「特殊任務ですか？」

何故わざわざ新米の俺に？　しかも単独だと？

大抵のことであれば、金剛さんや他のメンバーで事足りるはずだ。つまり俺にしかできない条件があるということだろうか。

「そうだ。柳が入院している間に、ある人物の能力情報が漏れたみたいでな。それによって他者からの接触、場合によっては戦闘行為に及ぶ可能性も考えられる。柳にはその人物の護衛を頼みたい」

「それほど貴重な能力なのですか？」

「ああ、能力の名は【起源昇華《オリジンサブライム》】。生物に限らずあらゆるものの能力を底上げする力を持っているとのことだ。ただ、今のところは能力を上手《うま》く扱い切れず、その真価を発揮することはできないそうだが、他者から狙われるには十二分の能力を秘めている」

「……なるほど、狙われそうですね」

その人物の能力は少し俺に似ている。主《おも》に何かを昇華《しょうか》させる部分がだ。しかも生物に限らずあらゆるものに対して有効だという。その戦略的価値は計り知れないだろう。人員も武器も強化した部隊を揃《そろ》えれば、戦力としては今までと比べものにならないはずだ。

ただ、俺の能力と違う部分があるとすれば、俺は自分に対してしか能力を発動できないこと、やろうと思えば存在の上昇に際限がないということだ。ただ、己の枠組みを超えれば待っているのは破滅。どれほど追い込まれてもそこを踏み外そうとは思わない。

疑問としては、何故そこまでの能力が今まで知られていなかったかという部分だろう。

俺の場合は能力数値がバグって計測できず、無能力者と判定されたわけだが、その人物はまだ能力を扱い切れないだけだという話だ。

ならば数値の誤差もそれほどないはず。

結果、能力数値の計測は可能ということになる。

能力があることはわかっているのに、その能力を知られていないなんてことがあるだろうか。

能力の使用に相当気を遣《つか》ってきたのか。もしくは情報を統制できるほどの権力者なのか。

「いや、待ってください。わざわざ俺が出る必要はないのでは？　西連寺《さいれんじ》さんの能力を使えば一瞬で移動できるじゃないですか」

「残念ながら西連寺には別の任務があてがわれている。上層部の決定だ。もっともな理由を挙げて西連寺を今回の件から外した」

「はぁ？　その判断は阿呆すぎるのでは？」

「阿呆と言うよりかは、狡猾《こうかつ》な奴らだよ。まあ、救いはそれが一部のみだということだな」

金剛さんが目を伏せたのを見て、もしかして今回の敵は、組織の上層部にまで浸透しているのかと嫌な予想ができてしまった。

「ちなみに護衛対象だが、高宮《たかみや》家の人物だ」

「えっ、高宮家ですか⁉」

思いもしなかったビッグネームに驚きの声が出る。

ほとんど他人に関心を持たない俺でも知っている超有名な格式ある一族だ。その権力は世界中で通用するほどで、この特殊対策部隊が好き勝手できるのも高宮家の助力が大きい。

確かに高宮家の力であれば情報を秘匿《ひとく》することが可能だろう。逆に何故情報が流出したのかを疑うレベルだ。

「まあ、驚く気持ちもわかる。俺も当初は驚いたよ。【起源昇華】は高宮家の次女の能力だ。情報が漏洩《ろうえい》したことで、三日後に現在住んでいる屋敷を離れ、別の場所に移動するらしい。柳にはそこで護衛に紛《まぎ》れてその次女──高宮瑠奈《るな》の保護を頼みたい」

「紛れる？　つまり、俺が特殊対策部隊の一員だということは伏せろということですか？」

「そうだ。特殊対策部隊の隊員がいることで敵が恐れて出てこない可能性がある。できればこれを機に大本から根絶やしにしておきたい」

確かに俺たちの存在は敵にとって相当厄介なものだろう。今回俺に任務が来たのは、俺が新人であまり周囲にその存在が知られていないからだろうか。

「そして今回の任務は上層部の一部、かなり信用できる方からの依頼だ。あちらも一枚岩ではないからな。西連寺ばかりか、我々には他に仕事があると言って護衛する必要はないと訴えた者たちもいるのだから」

「うわぁ……」

今回の任務で、そいつらがちょっかいかけてこないだろうな？

複数の組織から対象を護衛することなんかになったら相当厄介だぞ……

「阿呆どもの意見が通ったのは、今回で膿《うみ》を取り除く意味も含まれているがな」

「面倒なことになりそうですね」

「確かにな。と、まあ今は上層部といっても信用ならん状況だ。柳も気づいているだろうが、前回の任務からおかしな行動を起こしている連中もいる。どこに人の目があるとも限らんからな、この場には柳しか呼んでいない」

そういうことだったのか。

この室内にも薄いが障壁《しょうへき》が張られている。内密の話をするには万全の状態だというわけだ。

「了解しました。謹《つつし》んでお受けします」

別に護衛は俺一人というわけではないらしいし、高宮家のお抱《かか》え能力者もいるのなら、もしかしたら俺は働かなくてもいいかもしれない。気楽にいこう。

「ありがとう。詳細は後で資料を渡す。正午過ぎに再度ここに来てくれ」

「はい」

◇

会議室から退室し、とりあえず本部をぶらつく。時間も少し微妙だし、外に出るよりは中で正午まで待ったほうがよさそうだ。

(何して時間潰《つぶ》そうか)

まだ見に行ってない場所を訪れてみるか。俺が知らない施設がたくさんあったはずだ。

エレベーターに乗り込み、どうせならと最上階である十五階のボタンを押してみる。

「癒される場所がいいなあ……」

そうだな、たとえばモフモフルームとかなんてあったら最高じゃないか？

日々の疲れも一発で吹き飛ぶだろう。

ん？　待てよ……気にしていなかったが、俺は今どれだけ稼いでいるんだ？

まだ任務は一回しかこなしていないが、ペットを飼えるぐらいの仕事はしたつもりだ。

よしっ！　帰ったら通帳を確認してペットショップに行こう！

どんな動物を飼おうかと妄想を膨らませていると、目的の最上階に到着し、エレベーターの扉がゆっくりと開いていく。

「おお、すげえ！」

想像以上の光景に驚きの声が出る。

その空間は公園のように草木が一面に広がっている場所で、ガラス窓から差す日光が眩《まぶ》しくない程度に全体を優しく照らしている。

「あははは！」

「待つのです！」

「ワン！」

そして草原の中を走り回る影が三つ、楽しそうにじゃれついているのが見えた。

影の二つは服部《はっとり》さんと桐坂《きりさか》先輩のものだ。そしてもう一つ。俺はその影を目視すると、さらなる驚愕《きょうがく》に目を見開いた。

「サ、サリー！　サリーじゃないか！」

「ワウ？」

不思議そうに辺りを見回し、俺を探す白い物体。

「ワン⁉」

あちこち見渡してようやく俺を見つけると、勢いよくこちらに向けて駆けだす。

か、可愛い‼

俺が引っ越す前、隣駅前にあるショッピングモール内のペットショップで売られていたポメラニアンのサリーだ。

不運にもその場所に怪物が出現したことで建物が倒壊し、サリーは救急隊に引き取られたはずだったのだが、まさかまた会える日が来ようとは……

「ワン！」

元気に飛びついてくるサリーを優しく抱き留める。

「……最高だ」

このモフモフ感、凄く癒《いや》される。今までの疲れが吹き飛んで自由に空を羽ばたくような感覚だ。

「柳君久しぶりっす！　その子と知り合いなんすか？」

素早く移動してきた服部さんが元気に尋《たず》ねる。

その後ろにはバテバテの桐坂先輩が地面に座り込んでいた。

「はい。以前住んでた場所の近くにあったショッピングモールのペットショップで。それよりもどうしてこの子がここに？」

「ええっと、サリー？　ちゃんは牙城《がじょう》さんが任務終了後にたまたま寄った救急隊の施設で保護されていたのを連れてきたみたいなんすよ。あの人なんだかんだ可愛いものとか見るの好きっすからね」

牙城先輩は、俺たちと同じ特殊対策部隊の一員で、左目を髪で隠した寡黙《かもく》な男性だ。何だか近寄りがたい雰囲気を出していたが、可愛いもの好きだったのか。今度犬のぬいぐるみでもプレゼントしてみようかな。

「はあはあ……その子の体力、おかしいのです……どれだけ走り回っているのですか！」

「いやあ、萌香《もえか》ちゃんが体力なさ過ぎだと思うっすけど？」

「戦闘隊員の基準で考えないでほしいのです！　こちとら身体能力は一般人と変わらないのですよ！」

「ははは、いっぱい遊んでもらえて良かったな」

「く～ん」

サリーを優しく撫でると、俺に体をすり寄せてくる。

……もう、ここに住んでもいいですかね。可愛すぎだろこのヤロー！

正午までの数時間、俺たちは三人と一匹で遊び回った。

ちなみにサリーはここの八階にあるフリールームで飼うことになったらしい。いつも気軽に会うことができるようになったわけだ。新しく家で飼おうと思っていたが、これからはサリー

で癒されよう。グヘヘ！

◇

体も全快し現場に復帰して早々、金剛さんに特殊任務なるものに就《つ》くよう言い渡された俺は、いやいやながらもその指示に従うことに。立て続けに貧乏クジを引かされる不運に、そろそろ本気でお祓《はら》いに行かなくてはと思う今日この頃です。

任務を言い渡された二日後。

眼前に建つ荘厳《そうごん》な建物。その外観はさすがの一言で、どれだけ金がかかっているのか想像もつかない。

敷地面積は四百五十坪《つぼ》、約千五百平方メートルもの広さがあるらしい。そこまで広くしてサッカーでもするのかよと突っ込みたくなるが、名家には名家なりの体裁《ていさい》などがあるのだろう。

俺たち庶民とは価値観が違うのだ。

そう、俺は現在、今回の任務である高宮瑠奈の護衛をするために、彼女のいる屋敷を訪れているのだ。

金剛さんに渡された資料によると高宮瑠奈の年令は五歳。非常に活発な性格をしており、使用人に常に笑顔を振りまく天使のような女の子らしい。だいぶ個人的な所感の入った資料だが、誰がこれをまとめたのだろうかと気になるところだ。

「そろそろ時間だが……」

腕時計の針は十二時五十八分を指している。

午後一時頃にこちらに伺《うかが》うことは既に通達している。時間になれば向こうから迎えがあるらしい。

そして約束の時間が来た。と、時間ちょうどに門の向こうから執事服を着た好青年風が姿を現す。その全身からは風格のようなものが溢《あふ》れ出ていて、某黒い執事さんを彷彿《ほうふつ》とさせる。コスプレなんかでは見たことはあるが、やはり本物は違うのだと実感した。

「柏木《かしわぎ》様ですね。ようこそおいでくださいました。さあ屋敷の中にお入りください」

「では、お邪魔します」

執事に促され屋敷の中に足を踏み入れる。

ちなみに『柏木』とは今回の任務における俺の偽名である。俺が特殊対策部隊の隊員だと気づかれないための偽装の一つだ。俺の素性を知っているのは上層部の一部と金剛さん、あとは高宮家の当主とその妻のみだ。

「今回は急な申し出に応《こた》えていただき、ありがとうございます」

「いえいえ、こちらとしてはありがたい限りですよ。柏木様は探知系の能力者というお話ですが、どれほどの範囲を探知できるのでしょうか？」

「そうですねえ。自分を中心とした半径三〇〇メートルほどまでですかね」

「ほう、それは素晴らしい。何が起こるかわかりませんからね。柏木様の力に期待させていただきましょう」

「はは、最大限の努力はしましょう」

廊下を歩きながら他愛のない会話をする。

もちろん能力についても本当のことが伝えられているわけもなく、俺は探知系の能力者として参加することとなっている。半径三〇〇メートル程度なら戦神《マルス》での感知能力で十分に把握することは可能なので、普通の探知系能力者より、よほど有用なはずだ。

それにしても廊下の至る場所に値の張りそうな調度品や絵画が並んでおり、もし壊したらと思うと気が気ではない。

どうして高価な物を廊下に並べるのかまったく理解できない。いや、それも訪問者に対して名家の威厳とかを示しているのだろうが、庶民的な観点からすると、こんな危なっかしいもんを人の手が届く場所に置くんじゃねえ！　と文句の一つも言いたくなるというものだ。

「それで一つお伺いしたいのですが」

執事が足を止める。

ゆっくりとこちらに振り返り微笑を浮かべるが、その瞳はまったく笑っておらず冷たい光を宿している。

「どういった理由から瑠奈お嬢様の護衛を引き受けようと思われたのでしょうか？」

その瞳が言外に語る、〝敵であれば即座に始末する〟と。

なるほど、このタイミングで接触しようとする俺は、当然ながら警戒されてしかるべきだ。彼らからしても信用できる筋から俺は紹介されているはずだが、その本人をこの目で確認しない限り、心から信頼はできないということだろう。

実に良い殺気だ。彼の強い意志を感じる。それほどまでに想われている高宮家に感心するが、同時にここまでの力を持った存在を手駒として抱えられていることに驚く。

拳を交えずともわかる。この執事は強い。

それも俺たち特殊対策部隊の隊員たちと比べても、ほとんど遜色《そんしょく》ないほどの力は持っているだろう。

執事の瞳を見返し、あらかじめ用意していた台詞《せりふ》を言う。

「以前に金銭的な問題を抱えていたのですが、それを偶然居合わせた高宮家の御当主である昌《あきら》様に救っていただきまして、それで今回はその恩を少しでも返せたらと思った次第ですよ」

「そうでございましたか。当家の主はなにぶん困った方がいれば何とかして手を差し伸べようとするお方ですからね。それが良いことなのかはわかりませんが、当家の執事、メイドはその姿に憧れ、そんな当主のおられる高宮家をお支えできることを誇りに思っているのですよ」

執事はそう言うと再度前を向き歩き始める。

俺の言葉は事実ではないが嘘というわけでもない。ただ問題を抱えていたのが俺ではないというだけだ。これが全て嘘であったら躊躇《ちゅうちょ》なく襲われていたかもしれない。

俺は口角を上げ薄く笑う。

今回は本当に何もしなくていいかもしれない。何せ護衛にはこの執事だけでなく、まだ多くの能力者たちが控えているのだ。これを突破できる存在などそうそういやしない。探知系と言っている俺は戦力として数えられてはいないはず、後方でお嬢様のお話し相手でも務めさせていただこうか。

◇

ようやく目的の場所に到着したのか扉の前で止まり、コンコンとドアをノックする。

「どうぞ」

部屋の中から入室を許可する声が聞こえた。どこか幼げな鈴を転がすような声だ。

「失礼します、柏木様をお連れしました」

「失礼します」

執事に続き室内に入る。

部屋の中には二人の少女の姿があった。

一人は高宮家の長女で名は高宮春香《はるか》、歳は十三だったはずだ。

青い髪を肩口で揃《そろ》え、微笑みを浮かべている。その佇《たたず》まいは非常に洗練されていて、とても十三の子供とは思えない。

そして、その隣。

春香にしがみついて、じっとこちらを見ている少女。

この子が今回の護衛対象である高宮瑠奈だな。

姉と同じ青い髪を腰の辺りまで伸ばし、頭には大きなリボンをつけている。フリフリの衣装を着ていてその手には兎の人形を握りしめている。うちの蒼は五歳の頃には人形ではなく蟬を手に持っていたが、どうしてこんなにも違うのか。

(ここに通されたってことは、一応信用してもらえたって認識でいいかな?)

ちなみに当主とその妻は既にこの屋敷にはいない。

仕事で屋敷を離れることが多く、今は別の場所に留《とど》まっているらしい。

当主に関しては『娘たちが危険に晒されているというのにこんなところにいられるか!』と言って暴れたらしく、なんとかその場は使用人たちで止めることができたが、いつまた暴れだすかわからない状況だと聞く。確かにこんな年端《としは》のいかない娘が命の危険にさらされているなら、どれだけ危険でも傍《そば》にいてあげたいという気持ちは痛いほどわかる。

「本日はお越しくださり誠にありがとうございます。私は高宮家長女、高宮春香と申します。

どうぞお掛けください」

「失礼します」

お嬢様方の対面に座る。

おおぅ、ソファがめっちゃ沈む。これも高いんだろうなぁ。

「あ、あの……るな……です……おにいちゃんは、いいひと？」

瞳を揺らしながら問いかける少女。

明るい子だと聞いていたが、今の姿からはそうは感じない。もう既に何かしら怖い思いをしたのかもしれない。隠し切れない怯《おび》えの感情が表情から滲《にじ》み出ている。一発芸でも用意しておくんだったと自分の準備不足を嘆《なげ》く。

「ええ、それはもうとんでもなく良い人ですよ。安心してください」

『悪い人です』なんてボケようものなら、悪・即・斬みたいな執事の前で、これ以外になんて答えればいいのか。

しかし、今の回答で良かったのかはわからないが、数秒間俺を見つめていた瑠奈はにへら、と顔を綻《ほころ》ばせる。

何か自分が安心できるような、ちょっとした言葉が欲しかったのかもしれない。

「ふふ、ありがとうございます。それで、柏木さんは探知系の能力者ということですが、間違いありませんか？」

「はい、合っていますよ」

「では、柏木さんには移動中、私たちと同じ車に乗っていただきたいのですが、よろしいでしょうか？」

おや、これは予想外。

こちらとしては護衛対象の傍にいられるのは願ったり叶《かな》ったりだが、俺は事情を知らない人物からすれば、かなり身元が怪しいはず。いったい何の得が？

「それは構いませんが、何故とお訊《き》きしてもよろしいでしょうか？」

「それは私からお話ししましょう」

執事が口を挟む。

「今回、私が移動中の指揮を取るので、柏木様には私の近くにいてもらい、周囲の状況を教えていただきたいのです」

この執事が指揮を取るのか。

確かに実力者ではあると思うが、まだ若いのではないか？　彼よりも優秀な人材もいると思うが。

「ふふ、柏木様が疑問に思うのももっともですね」

春香が可笑《おか》しそうに笑う。

しまったな、顔に出ていたか。

「しかし、ご安心ください。ここにいる井貝拓斗《いかいたくと》は当家でも指折りの実力者です。彼が私専属の執事だと言った方がわかりやすいでしょうか」

この人が高宮家の長女の専属なのか。つまり当主専属の執事が屋敷にいない今、この場の実質的なトップなんじゃないか？

凄いな。まだ二十《はたち》やそこらだろうに、それほどまでの力を手に入れるのに、いったいどれくらいの修練を重ねてきたのか。

「いいえ、私などはまだ至らないところだらけで恥じ入るばかりです。これからも精進しなくてはなりませんね」

そして慢心もしていなさそうだ。

護衛任務は明日。

最初はどうなることかと心配したが、これなら大丈夫であろう。


任務当日、現在時刻は午後一時。

昨夜は高宮家の屋敷に泊めてもらったが、やはり金持ちはいろいろ桁外《けたはず》れなのだと驚かされた。風呂は滅茶苦茶広いし、料理も豪華、テーブルマナーなんて何もわからないから普段通りに食べたけど問題なかっただろうか？　天蓋《てんがい》付きのベッドなんて初めて見たぜ。

「柏木様、そろそろ出発の時間ですが、準備は大丈夫ですか？」

「はい、自分は特に準備することもないので大丈夫です。それにしてもこれだけの能力者がいるとなんとも頼もしいですね」

「ええ、彼らには感謝しかありませんよ」

屋敷の前で、することがなく呆然と立つ俺に、執事——井貝さんが声をかける。昨日と変わらず完璧な姿勢で立っている姿には惚《ほ》れ惚《ぼ》れとする。イケメンは何しても似合うなあ、さぞオモテになるのだろう。チッ！

高宮家の敷地内で各々《おのおの》準備をする能力者たち。その数何と二十三名。

雇われた者がほとんどであるが、以前に当主の世話になり、その恩を返すために護衛を無償で受けた者が数名いるらしい。その中でも能力数値が10万を超える猛者《もさ》までいるのだから高宮家当主の人助けは大正解であったと言えるだろう。まさに因果応報《いんがおうほう》の通りである、善《よ》い行いは善い行いとして返ってくるわけだ。

「おう！　おめえら元気か！」

能力者の集団から一人の男性が抜け出し、こちらに手を上げながら近づいてくる。

スキンヘッドにサングラスをかけており、ヤのつくお兄さん方と似た風貌をしている。顔に斜め傷があるが、熊にでもやられたのだろうか。

「はい、体調は万全です。岩谷《いわたに》さんの方こそ大丈夫ですか？　現場に出るのは久々だとお聞きしましたが」

「安心しろ！　一度も鍛錬は怠《おこた》ってないし、今日は絶好調だ！　ふっ、それにこの仕事が終わればしなきゃならんことがあるからな、やる気もばっちりだぜ！　っと、そこの坊主は初めましてだな。俺は岩谷弦哉《げんや》ってんだ、よろしくな！」

「よろしくお願いします。俺は柏木です。探知系の能力者なので戦闘はお任せします」

「おう！　任せとけ！」

ニヒルに笑うスキンヘッド。

何か不穏なこと言ってるけど大丈夫か？　まあ、決定的なことは言ってないからいいか。

と、思っていた俺が甘かった。

「しなければならないこととは？」

「井貝さん⁉」

何で訊いてるんですか⁉

今のはスルーしなくちゃいけない場面だったでしょ！

「ああ、実はな五年付き合ってる恋人がいるんだが、そろそろプロポーズしようと思っていてな、へへっ」

恥ずかしげに鼻頭を掻くスキンヘッド。

「おお！　ではプロポーズが成功した暁《あかつき》には僭越《せんえつ》ながら私からも贈り物をさせていただきましょう。岩谷さんなら間違いなくうまくいきますよ」

まるで自分のことのように笑みを浮かべている井貝さん。

一見、他人の幸せを祝福している素晴らしい場面だが、なんてタイミングなんだと思う。とんでもねえ死亡フラグ立てやがったな！　このクソハゲ野郎が！　今時そんなベタな理由でフラグ立てる奴初めて見たわ！

……はぁ、終わった。

特大なフラグが盛大に立っちまったよ。一級フラグ建築士である俺が惚れ惚れするほどの流れだった。

今ので俺の死亡率が一〇パーセントは上がったかもしれん。

「ん？　どうしたんだお前顔色が悪いが、体調が悪いなら休むか？」

誰のせいだと思ってんだこの野郎……この任務で死んだら全部あんたのせいだよ。やはり早めに神社に行っておくんだったたんだ。ここで抜け出してでも神社にお参りに行くべきかもしれない。

「……いえ、大丈夫です。それよりも今回はかなり危険かもしれないので気張っていきましょう」

「おう！」

本当にわかってるのかねぇ、あなたが一番危ないいんですけど。

ただの杞憂《きゆう》で終わってくれたら嬉しいが、これまでの経験上、何もなしで終わった例《ためし》がないからなあ……せいぜい彼女さんを悲しませるようなことにはならないでくださいね、と祈ることしか俺にはできないです。

◇

十数分後、全ての準備が完了し、ついに移動本番となった。

外部からの攻撃に耐えられるよう、特殊な防御性能を備えた一台のリムジンに高宮家の女児二人と執事である井貝さん、最後に俺が乗り込む。

「それではお願いします」

井貝さんの合図で車が発進する。

そしてその周囲を計七台の車が防護するように囲んで走行する。

車内にはそれぞれ護衛の能力者が乗車しており、三から四人のチームで行動している。

また、全員の服にはインカムが取り付けられており、井貝さんの指示がいつでも届くようになっている。不安なのは、チーム内での連携である。初めて行動をともにする者たちも多い中、その力を十二分に発揮できるかどうかは、司令塔の井貝さんに委《ゆだ》ねられていると言っても過言ではないだろう。

「柏木様、何か異状はありませんか？」

「はい、現状こちらを狙っている反応は、探知範囲の中には存在していません」

俺も既に能力を発動し、周囲を警戒している。

膨大な量の意識を常に感知し続けるのはなかなかに骨が折れる。

「ふうー」

（呼吸、動作、こちらに向けられるあらゆる敵意を感知しろ）

この移動中が最も事を起こしやすいタイミングなのだ。敵は必ず現れると見て、まず間違いないだろう。

俺の仕事はその敵に先手を取らせないことだ。他人の護衛は初めてだが、要は相手に手出しする隙《すき》さえ与えなければ大丈夫という認識だ。

「おねえちゃん……」

「大丈夫よ瑠奈。とっても強い人たちがあなたを守ってくれてるからね」

座席の隅で恐怖からか目に涙を浮かべる瑠奈。それを姉である春香が優しく抱きしめるがその手を見ると僅《わず》かに震えているのがわかる。

春香もまだ十三の少女だ。この状況に恐怖しないはずがない。ただ妹を少しでも安心させようと強がっているだけだ。

……まったく、こんな年端もいかない少女に、こんな顔をさせるお相手さんの考えが理解できねえよ。

「ええ、微力ながら私もおります。お嬢様方には指一本触れさせませんとも」

自信満々に井貝さんが告げる。

その言葉に二人の表情は多少晴れるが、やはり言葉だけでは不安を完全に拭《ぬぐ》い去ることはできない。

「……」

俺は何も言わない。

〝大丈夫だよ〟とか〝絶対に守る〟なんて言葉は誰かが言ってくれるだろうから。

それに、そもそもそんな言葉をかける必要がない。

何せ彼女たちの安全は、俺が来た時点で確約されているのだから。

たとえ敵がいかなる準備を整え襲撃してきたとて、神々の権能《けんのう》の前には無力に等しい。敵が害意を持って近づくというのなら、それ以上の理不尽でもって蹂躙《じゅうりん》するだけだ。

「ふっ」

無意識に口角が上がる。

いけないな。この頃よく能力を使用しているせいか、あのお方たちの思考に少し毒されてしまっているのかもしれない。能力を完全に使いこなせればそんな副作用もなくなるだろうか。

一度本格的に修行した方がいいかもしれないな。

（まあ、とりあえずは有象無象《うぞうむぞう》どもをどうにかしよう）

相手は組織立っているとはいえ人間だ。俺の出る幕はないかもしれないが、もしも井貝さんたちの手にあまるのなら、その時は——俺が相手になろう。

移動開始から数分、高速道路を走行中、ようやく敵と思われる反応を感知した。

明らかにおかしい。緊張からか呼吸が異常に速くなっている人物が数名、別々の地点に存在している。

「……来たな」

(やはりこのタイミングで来るか、予想通りだな)

「井貝さん、右前方約二七〇メートル地点のビルにスナイパーが一人、そして下の一般道から大型車が五台こちらを追っています」

「わかりました。確かここから一キロ先に合流ルートがあるのでそこから襲うつもりでしょう」

井貝さんはインカムで仲間に状況を伝える。

そして数秒とたたず、スナイパーの潜《ひそ》むビルが一瞬強い光を発した。

光から一直線に車のタイヤ目掛けて弾丸が飛来する。それはそのまま突き進めば確実に目標を撃ち抜くことができる完璧な狙いであった。

◇

スナイパーはスコープを覗きながら思わず笑みを浮かべる。

それは幾度となく仕事をこなし、成功してきたからこその確信の笑みだ。

（約三〇〇ヤードからの狙撃。もし探知系の能力者がいたとしてもここまで察知できるはずもない。何より移動中で大勢の民間人もいるのだ、その精度はがた落ちだろう）

スナイパーの考えは正しい。

実際に世界最高の探知系能力者の最大探知範囲は三キロメートルだが、それが移動中ともなるとその範囲は八〇〇メートルまで狭まり、精度もかなり落ちてしまう。

だからスナイパーは己の攻撃が阻止されることはないと高を括《くく》っていた。

実際この距離からの狙撃を回避できる者など、井貝や護衛たちでも不可能に近い。ただ彼が不運だったのは、敵に柳隼人《やなぎはやと》というイレギュラーがいたことだった。

スナイパーの放った弾丸は、対象が乗っていると思われる車を囲うようにして、突如現れた砂の壁により完全に受け止められる。スコープ越しに見た、あり得ない光景にスナイパーは思わず声を漏らす。

「何ッ⁉」

（馬鹿なッ⁉　あのタイミングで防げるはずがねえ！　それこそ最初から俺の存在を知りでも

しないと)

思考する最中、狙撃対象の車が僅かに光を放った気がした。それはまるで銃を撃った時のような──

「へ……?」

そこでようやく自分が後ろに倒れていることに気づく。

(何で俺は倒れてるんだ?　それになんだか体が熱いような……)

腹部に手をやる、すると温かい液体が手を濡らした。

おそるおそる手を顔に近づける。

「何だよ……これ」

手にはべったりと血がつき、ぽたぽたと垂れている。

次第に呼吸が浅くなり、スナイパーはわけもわからぬままその鼓動を止めた。

◇

「お見事」

「ありがとうございます」

井貝さんは軽く微笑むとライフルをシート下へと収納する。数百メートルの狙撃を成功させたのにまるで当然のような表情だ。執事の必須技能の一つだったりするのだろうか。

それよりも……何でそんな物騒なもんがそんなとこに？

いや、ツッコむのはなしだ。もしツッコんで俺に銃口が向けられたらどうすんだ！

俺は何も見てない、見てないんだ！

「井貝さんは【砂流操作《サンドオペレーター》】だったんですね」

なので必殺！　スルー&話題逸《そ》らしだ！

何でもないふうを装い、先程見た井貝さんの能力について尋ねる。

「ええ、砂を操るというなんとも地味な能力ですが、応用力が高いので自分は結構気に入っているのですよ」

確かに応用力は高い。

小さな隙間からであろうと侵入することができるし、集めれば超重量級の攻撃も可能だろう。空中に飛散した砂を相手が吸い込めば、敵の体内からズタズタにすることだって可能だ。隙と言う隙がない、攻めにくい能力と言える。

敵に回せばかなり厄介だが、今回の任務では非常に心強い。専属執事だということにも頷ける。

「もうそろそろで合流地点に入ります。敵の動きはどうなっていますか？」

「変わらずこちらを追ってきてますね。このままでは鉢合わせますがどうしますか？」

「……可能ならば無視したいですが、難しいでしょうね。護衛の皆さんも準備はできているということなので、ここで迎え撃ちましょう。柏木様はお嬢様方を傍で守っていただけますか」

「わかりました」

守るったって探知系で通している俺は何をすればいいのやら。とりあえず車の隅で震えている二人に近寄ると優しく頭を撫でる。

こんな場面を、娘を溺愛しているという高宮家の当主に見られたらぶち殺されるかもしれないが、今は何となくこうしたかった。

「あ、あの……」

「ああ、すいません。実は自分には妹がいまして、ついいつもの調子で撫でてしまいました。不快でしたか?」

「い、いえ! そんなことはありません。ただ、少しだけ驚いてしまって」

そう言う春香は、慌てたように手を振って、あわあわしている。

でも震えは止まったようだ。

「瑠奈様もすいませんでした」

「あう……もうちょっとなでてほしい、です」

「おや、そうですか? それでは遠慮なく」

瑠奈は猫が甘えるように、俺の手に頭をすり寄せて目を細める。本能的に安心できるものに触れていたいというのもあるのかもしれない。

（天使かよ……）

でも今は戦闘の最中のため、いつまでもこうしてはいられない。

ついに一般道との合流地点に到達し、側道から五台の大型車が姿を現す。

「邪魔です」

すかさず井貝さんが砂を操作して数台の車を吹き飛ばすが、空中で車が停止して再度高速に降り立ち走行を開始する。

（念動力操作《サイコキネシス》か、それもなかなかに強い）

複数の車体を手もなく操作できるのなら、かなりの実力者だ。

「俺たちを無視してんじゃねえぞ！」

護衛の能力者たちが敵とこちらの車の間に入り込み、攻撃を開始する。

水、雷、土、念動力、あらゆる能力がせめぎ合う完全な乱戦となった。

その乱戦の中、念動力で操作された瓦礫《がれき》が飛来し、こちらのリムジンのタイヤに激突したことで車体がスリップしてしまう。

「「きゃぁああああ‼」」

「やばっ」

座席から立ち上がると、恐怖に叫ぶ二人を抱きしめ、次なる衝撃に備える。

ドンッ！

と鈍い音を立て防音壁に衝突し、リムジンに衝撃が伝わる。急速にひしゃげていく天井に俺は手を添えて強引に押し留める。

（これで……ッ⁉　おいおい冗談キツイぞ！）

感知範囲に突如強烈な反応が出現した。

完全に車が停止したところで、俺はすかさず車から飛び出す。できれば震える二人についていてやりたいが、今は一刻を争う時だ。

「皆さん頭を下げて！」

俺の叫びに反応した井貝さんと護衛たちが即座に体勢を低くする。

瞬間、その頭上を高速でトラックが通り過ぎた。

「ッ⁉」

それを見た全員が驚愕に目を見開き、そのままトラックは先刻まで争っていた、正面の敵に突っ込んでいく。一瞬念動力操作の力が働いてスピードが落ちたが、その勢いを完全に殺すことはできず、そのまま生身で受け止めることになる。当然人間の肉体が耐えられるはずもなく一瞬にして敵たちは肉塊へと姿を変える。

驚きの声を上げる暇《ひま》もなく事態は次の展開へと移る。

空から一体の乱入者が舞い降り、道路に着地する。

どれほどの距離を飛んできたのか、乱入者を中心に、巨大な蜘蛛《くも》の巣状の罅《ひび》が路面に広がり、地震かと錯覚するほどの揺れを起こす。

（おいおい、こいつは）

人間の組織から守るだけの任務ではなかったのかと内心で舌打ちする。

『あん？　何でこんなに残ってんだ？　ちゃんと掃除したつもりだったんだが』

乱入してきた存在は明らかに人間ではなかった。そいつの体は恐ろしいまでの筋肉に覆われており、その額《ひたい》には角が生えている。

「……鬼、か……？」

誰が言ったかはわからないが、その場の全員が同じことを考えていた。

それも対峙《たいじ》した感じ、こいつはただの鬼ではない。

ただただ人間の醜い争いかと思っていたが、予想外の敵が出てきたな。

現場に緊張が走る。

突如乱入してきた鬼。その力は未知数で、どのように対処すればいいかもわからない。

ただ、わかっていることがないわけではない。

――こいつは喋《しゃべ》る。

意思を持ち行動する怪物。

今までにもそういった事例は見られてきたが、そのほとんどが高ランクの強大な怪物として多くの能力者を屠《ほふ》ってきた。

つまり、目の前の鬼もそれら――一つの国をも滅し得る殺戮《さつりく》の権化《ごんげ》たちと同等であるという可能性が非常に高い。

その事実がこの場にいる全員の動きを止めてしまう。己の行動一つが数秒後の生存を左右するのだ、慎重にならない方が難しい。

『おいおい何ビビってんだよ、お前らが来ねえなら俺から行くぞ！』

俺たちの様子見に痺《しび》れを切らした鬼が、膝を曲げ前傾姿勢を取る。

（来る！）

次の瞬間、怪物の体がぶれ、鬼の足元の道路が大きく陥没する。

『まずは一匹！』

俺たちの意識を置き去りにして護衛の能力者の眼前に移動した鬼は、軽く腕を振り上げ、唖然とする相手の顔目掛け一気に振り下ろす。

死を目前にしてなお、圧倒的な覇気に当てられた護衛の能力者は動けず、迫る腕をただただ目で追うことしかできない。

ドゴンッ！

と空気を震撼《しんかん》させるほどの強烈な一撃が叩き込まれ、高速道路に巨大な穴が空いた。

『あん？』

鬼が眉を寄せる。

確実に目の前の相手を叩き潰したはずが、手には肉を抉《えぐ》る感触がなかったからだ。

そして周囲を一望すれば、砂でできた手に摑まれて浮遊する護衛の能力者の姿があった。

『へえ、面白《おもしれ》えじゃねえか！』

自分の速さを視認できた者がいることに、鬼はその表情を喜色に染め、後方を振り返る。

そこには右手を突き出し、砂を操る井貝さんがいた。

「気に入っていただけたようで何よりです。あなたの相手は私たちが務めましょう。如何《いか》に強大な怪物であろうとも、これだけの能力者を前に生きて帰れるとは思わぬことです」

そう言い放ち、額から冷や汗を流しながらも薄く笑みを浮かべる。

目の前の怪物が自分の手に余ると知りながら一歩も引かぬその姿は、確かに執事の鑑《かがみ》ではあるが、なにぶん相手が悪い。

先程の一撃で、おおよそこの鬼はAランク以上であることはわかった。

敵は物理法則すら無視する慮外《りよがい》の怪物だ。

どれほど井貝さんが優れた能力者であろうと、目の前の怪物に対処することは難しい。それは残りの能力者全員を合わせても変わらない。針の穴に糸を通すほどの集中力を常に続けないと即死するレベルだ。

そんなイレギュラーに備えて、俺みたいな存在がこの場に紛れているわけだが……こちらも無理に手を貸せない状況となっていた。

(おいおい本当に冗談キツイな……)

誰も気づいていないようだが、敵は一体じゃない。

俺たちのすぐ傍に、姿は見えないが明らかに何者かがいる。

それも、おそらくはそこにいる鬼と同等の力を持った存在だ。反応からしておそらく人間ではなく、こいつも怪物だろう。

AかSかはわからないが高ランク級が群れるなんて例は聞いたことがない。

しかし、今のこの状況を見れば、鬼が戦況をかき乱し、その隙を狙ってもう一体が高宮瑠奈を攫《さら》おうとしているとしか思えない。

「ちッ!」

これが単なる討伐《とうばつ》任務であれば、目の前の怪物を叩き潰して終わるだけだが、今回は護衛任務だ。

今は不可視の敵に対して殺気を向けることで牽制《けんせい》しているが、ここで俺が動いて鬼と対峙《たいじ》したら最後、護衛対象である高宮瑠奈は攫われ、最悪その姉である春香は惨殺されるだろう。

不可視の怪物のみならず第三、第四の敵がいるとも限らない状況を考えると、どうしても俺は動くことができない。

「どうすればいい……」

誰かを守りながら戦う経験が少な過ぎるためか、どうすればいいかがわからない。焦《あせ》りが徐々に募《つの》っていく。

そんな俺の焦りはよそに、戦いは苛烈《かれつ》さを増していく。

鬼の拳を井貝さんが防ぎ、その隙を狙って他の能力者たちが攻撃を仕掛ける。

その中でも電撃使いの男性が群を抜いた破壊力で鬼にダメージを与えている。おそらくあの人が能力数値10万超えの猛者《もさ》だろう。

『ははは！　いいじゃねえか！　悪くねえなおい！』

鬼は狂ったように笑う。

それは傍《はた》から見れば、何ともおかしな光景だった。

無傷のはずの能力者たちは徐々に顔を曇らせていくのに対し、体に傷を負っている鬼は攻撃を受けるのに比例して、内に秘めた闘気を増しながら、より凶悪な存在へと変化していく。まるで、少しずつ力を出して遊んでいるようだ。

「畳み掛けましょう！」

鬼の様子に何かの危険を感じ取ったのか、井貝さんが皆に呼びかけ、鬼に何もさせずに殺そうと全力の一斉攻撃を仕掛ける。

井貝さんの砂が動きを封じるために鬼の全周囲を包み込み、球体となったその砂の監獄目掛けて能力者たちが攻撃を放つ。

球体に直撃する寸前に井貝さんは能力を解除したことで、放たれた一斉攻撃は確かに鬼を直撃し、大爆発とともに砂塵《さじん》を巻き上げた。実力者である数十の能力者による全力の同時攻撃だ。その威力は、たとえAランク級の怪物であっても重傷は免《まぬか》れないほどの破壊力を秘めたものだった。

爆風を右手で遮《さえぎ》りながら鬼の生死を確認しようとするも、その姿はまだ目にできない。

「警戒してください！　まだ相手が倒れたとは限りません！」

安心して一息つく数名に対して井貝さんが注意を呼びかける。しかし、多少その顔色が良くなっているところを見るに、井貝さんも相手が死んでいると半ば確信しているようだ。

甘過ぎる。砂糖を煮たものにさらに蜂蜜を投入したレベルの甘さだ。

その程度の攻撃で死ぬならどれほど楽か。Aランク以上の怪物は生物と呼ぶにはあまりにも別格すぎる。

『そろそろ遊びはやめるか』

そんな呟《つぶや》きとともに砂塵が闘気によって吹き払われる。

砂塵が晴れた場所には、今もなお健在の様子である鬼が屹立《きつりつ》し、腕を組んでいた。

あれほどの攻撃でもまったくダメージを与えられていないという事実に、全員が戦慄の表情を浮かべる。

この耐久力。どちらか判断がつかなかったが、おそらくAの領域は突き抜けている。Sランク級の怪物だ。

（ありえない！　こんな立て続けにSランク級が現れるかよ。奴らが出現するのは数年に一回程度の頻度《ひんど》じゃなかったのかッ！）

このままでは間違いなく護衛たちは全滅する。蟻《あり》がいくら頑張ったとしても象を仕留めることができないのと同じだ。いや、仕留めることはできるかもしれない。しかしそれは蟻が数万、数十万と集まってようやく少し可能性が見えてくるものだ。

それと今の状況はなんら変わりない。

それがSランク、国を滅ぼす力を持つ怪物なのだ。

「いや～、なかなかに楽しめたぜ。ちょうどいい準備運動になったよ」

鬼は己の腰に下げられている瓢簞《ひょうたん》を手に取り、栓《せん》を外して口元へと運ぶ。

（戦闘中に何やってるんだ？　酒でも飲んでんのか……いや、待て……酒だと）

嫌な予感がする。

酒と鬼。確か昔の絵巻にそんな奴が……

その疑念を証明するように、鬼の闘気が一気に膨れ上がる。

存在を上昇させる俺の能力と同じような異常な闘気の増大に俺は目を開き、臨戦態勢に移行する。

護衛だなんだと言っていられる余裕は完全に消え失せた。

これはもう……俺が出ないと無理だ。

そして奴についてもようやく思い出した。

「酒呑童子《しゆてんどうじ》か」

『お？　俺のこと知ってる奴がいるじゃねえか』

鬼は俺の言葉に首肯《しゆこう》する。

日本の三大妖怪である玉藻《たまも》の前、大嶽丸《おおたけまる》と並ぶ伝説上の鬼。伝承によれば酒呑童子は数多《あまた》の鬼を従え、人々を恐怖に陥《おとしい》れた最恐の一角で、その特性は酒を飲めば飲むほど自身を強化するというものだ。

ただの鬼ではないと思っていたが、まさかこれほどの大物だとは……

スキンヘッドのフラグがよほど立派であったのかもしれん。これが終わったらラーメンでも奢《おご》ってもらおう。

一か八か、完全に守り切ることは難しいが、護衛対象を庇《かば》いながら敵も倒す。一瞬の油断も許されない。

『ま、俺のことを知ってようがいまいが関係ねえけどな』

酒呑童子が俺目掛け突進してくる。

大丈夫だ、相手の動きはちゃんと見える。服部さんのスピードと比べればなんてことはない。

思考を切り替えれば、逆に油断している今が好機ともいえる。もう一体が動きだす前にこいつを始末できれば形勢は一気に逆転する。

距離は一瞬で縮まり、あと一歩踏み出せば奴の拳が俺に当たる距離。

そして一歩踏み出す……と同時に、奴は後方に大きく後退した。

（は？　何で後退して……）

「よう坊主、俺の手助けが必要か？」

背筋が凍りついた。今日何度目かの驚愕に肩を少し震わせる。

（今日は本当に厄日だな……俺の感知をすり抜けてきたっていうのか⁉）

臨戦状態に移行したとはいえ、周囲の感知は怠っていなかった。その空間に、なんの反応すら見せずに俺の背後に回るなんて芸当が可能な存在。

声のした後方へと勢いよく顔を向ける。

そこには燃えるような赤い髪を風に靡《なび》かせた一人の男が、防音壁の上に優雅に座っている姿があった。

六章　アーベル・レオン　——episode.06——

怪物との戦闘中に突如姿を見せた赤髪の男。

彼は緊張感も何もない自然体で戦場を一瞥《いちべつ》する。

(まさかこのタイミングで新手《あらて》の登場とは)

俺の感知をすり抜けてこの場に現れたことを考えれば、この赤髪の人物がかなりの実力者であると予想できる。

一つ救いがあるとすれば、おそらく彼が怪物たちの仲間ではないということだろうか。先程から鬼が警戒してまったく動いていない。

「S級が二体に他にも嫌な視線を感じるぜ。何か狙われてんのか?」

そう言った男は防音壁から降りると音もなく着地する。

「それでもう一度訊《き》くが俺の手助けが必要か坊主?」

「……力を貸していただけるならありがたいですが」

「おう、任せな」

軽く了承する男。しかし、敵か味方かわからない人物に頼ってもいいのか？

不確定要素の塊《かたまり》に不安が募《つの》るが、頼れるのなら力を貸してほしい。一人でどうにかできるような相手ではない。高ランク級が二体同時に現れた状況で護衛対象を庇《かば》いながらでは、さすがの俺でも手に余る。

ただ、周りの反応が気になる。

護衛たちに限らず井貝《いかい》さんまでもが目を皿のように丸くして、あり得ないものでも見るように赤髪の男を凝視《ぎょうし》していたのだ。

もしかして有名人なのだろうか。

◇

「ふふ……ははははは！　最高だぜ！　てめえとは一度殺《や》り合いたかったんだよ！　絶対者、アーベル・レオン！」

酒呑童子《しゅてんどうじ》の叫びに赤髪の男――レオンは僅《わず》かに笑みを向ける。

「身の程を知れよ雑魚《ざこ》が、お前では力不足だ」

一度酒呑童子から視線を切り、隼人《はやと》に顔を向ける。

「じゃ、あいつら一人で貰《もら》うぜ。ちょいと物足りねえが仕方ねえ」

「えっ、ちょ、一人でって⁉」

隼人の回答を待たず、レオンは一歩踏み出し――

酒呑童子の隣に立つ。

『ッ⁉』

警戒はしていた。

一度たりとも目を離さず、レオンが取るであろう行動を予測した上で構えていた。

その上で、あらゆる想定をぶち破り己の横に立つ人間に酒呑童子は震慄《しんりつ》し、一瞬反応が遅れた。

「まずは様子見だ」

レオンの左手が掻き消える。

およそ様子見の攻撃とは思えない破壊力を秘めた剛腕が酒呑童子を襲う。

それに対し一瞬後《おく》れを取ったものの、恐るべき反射神経で腕を動かし、レオンの攻撃を防御する酒呑童子。

しかし、攻撃を完全に受け切ることはできず、衝撃が体を襲う。

『チッ、舐《な》めてんじゃねえぞ！』

一瞬で景色は吹き飛び相当遠くまで飛ばされるが、空中で体を反転させた酒呑童子は地面に着地するとともに足に闘気を集約させ、一気に解放する。

その爆発的な勢いでレオンとの距離を一気に縮め、その憎らしい頭を左手で掴む。

そのままレオンの額を防護壁に叩きつけると、それに沿うように疾走する。

ギャギャギャ！　と金属が擦《こす》れるような音とともに火花が散る中、苛立《いらだ》ちの籠《こも》った声が響く。

「気安く触れてんじゃねぇよ」

直後、レオンの拳が下から突き上げられ、酒呑童子を捉《とら》える。

拳が酒呑童子を打ち抜き、伝播《でんぱ》した衝撃で周囲の建物のガラスが割れ、町に破片が降り注ぐ。

幸い戦闘音が鳴り響いていたことで既《すで》に避難済みなのか、周囲に人の姿はなく負傷者は出なかったが、たった一撃でこれほどの破壊をもたらす攻撃力に誰もが戦慄する。

『ガハッ⁉』

レオンの一撃をまともに喰らった酒呑童子は地上からでは視認することが難しい遥《はる》か上空に打ち上げられ、雲を突き抜ける。

拘束から抜けたことで宙に放り出されたレオンはそのまま空中で数度回転し、勢いを完全に殺したところで地面に軽く着地する。

「あーあー、この服買ったばかりだってのにボロボロになっちまったじゃねえか」

酒呑童子の攻撃を喰らったことよりも買ったばかりの服について、不貞腐《ふてくさ》れるように愚痴を零《こぼ》している姿は異様に映る。

確かにレオンの服はボロボロにはなっているが、その身には何一つ傷はなく、酒呑童子の攻撃がまったく効いていない事実を表していた。

(間違いない。あの方は、八人のうちの一人だ)

圧倒的なまでの力を目の当《ま》たりにした井貝が、レオンの正体を確信する。

絶対者《ぜったいしゃ》——それは人の域を超えた究極の存在だ。

曰《いわ》く、単騎で複数体のSランク級の怪物を屠《ほふ》る力を持つ。

曰く、既成概念すら打ち砕く非常識の塊である。

曰く、その力は神にすら届く。

そのあまりの力に国は彼らの制御を諦《あきら》めた。

人の域を超えた絶対者には法律は通用しない、人の意に添わそうとすることなど到底不可能なのだ。

彼らを裁くのは同じ絶対者にしか適《かな》わない。

国が、世界ができることは、ただただ彼らを怒らせないことのみ。

理外の怪物である絶対者の数は現在八名。

そして現在。

絶対者の一人——序列七位アーベル・レオンがこの場に存在していた。

これが示す回答は一つ。

怪物の敗北のみである。

◇

「……つっよ」

いやいや化け物かよあの人。

酒呑童子を圧倒してるぞ。もう一体も彼を警戒して何もできずにいるようだ。

いや、あんな怪物に対して曲がりなりにも戦闘になっている酒呑童子を褒《ほ》めるべきか。まあ、それも大きなハンデつきではあるが。

レオンさん？　とかいう人はこちらまで被害が及ぶことを気にして、実力がまったく出せないでいる。

本来であれば既に敵は捻《ひね》り潰《つぶ》されているだろう。

この場はあの人に任せて、俺たちは早く目的地に移動すべきだ。

俺は目の前の戦闘に心を奪われている井貝さんのもとへと素早く移動する。

「井貝さん、ここはあの人に任せて俺たちは移動しましょう。どうやら俺たちがいることで本気を出せていないみたいです」

「そ、そうですね。まさか絶対者が手を貸してくれるとは」

未《いま》だこれが現実なのかと軽く頬を抓《つま》む井貝さん。

そんなにあの人って凄い存在なのか……ちょっと興味が湧く。

「皆さん！　このまま目的地に移動します！　私の砂に乗ってください！」

その声でやっと現実に意識を戻した護衛たちが、井貝さんの指示に従って動き始める。車はどれも使い物にならなくなっているため、井貝さんの能力で操作する砂の上に乗って移動するということだろう。

その間、俺は車に取り残されている高宮《たかみや》姉妹のもとへ。

ドアを開けて車内を覗き込むと、案の定二人は瞳に涙を浮かべて互いに抱き合っていた。

……うん、そりゃそうだわ。外で世界の終わりみたいな戦闘音が響いてりゃ、この歳で怖くないはずがない。

「お嬢様方、もう大丈夫ですよ。とんでもなく強いヒーローが来てくれましたからね。危険はないも同然です」

怖くないように、できる限り柔和《にゅうわ》な笑みを心掛け話しかける。

恐怖に声すら出ないのか返事はないが、二人は僅《わず》かに俺に目線を向けると、少し安心したように肩の力を抜く。

「ちょいとすみませんね。今は急ぎなので」

「「ひゃあ！」」

二人が多少落ち着いたのを確認すると、彼女たちの体をなるべく優しく抱え上げて車から脱出する。
そのまま俺が井貝さんの砂に乗ることで準備は完了だ。
「それでは行きます！」
井貝さんが砂を操って移動を始める。
俺はレオンさんに目を向ける。
すると彼もこちらを見ていたようで、俺たちの視線が交差する。
――また会う時は存分に闘おうぜ。
彼の視線にはそんなありがた迷惑な意思が込められていた。
勘弁してくれよ。

「行ったな」
レオンは砂に乗って移動する隼人たちの背を見送る。
その姿が完全に見えなくなると、自分の後方にいる二体の怪物たちへと視線を戻した。
『まったく隙《すき》がないのう。これはちと困った……酒呑童子よ、退避を優先するぞ』
『ちっ、しゃあねえなあ』
ようやくもう一体の怪物である靄《もや》が口を開く。
絶対者を前にどれだけ気配を消し、息を潜《ひそ》めようが無意味であると判断したのだ。

怪物たちの目的は目の前の化け物じみた人間と戦うことではない。

高宮瑠奈《るな》の奪取が最重要目的だ。

この場は極力争わず退避して、移動中の高宮一行を追うのが最善だと判断した。

「まさか俺から逃げられると思ってんじゃねえだろうな？」

しかし、そんな勝手を許すほど、絶対者は甘くない。

この場には既に己と二体の怪物のみ。レオンはその表情を獰猛《どうもう》なものへと変える。

――ならば、少しは本気を出しても構わんだろう。

「【獅子宮《レオ》】」

レオンが能力を発動させる。

すると両手には漆黒《しっこく》に赤い模様の入ったガントレットが出現し、その物騒な爪が陽光に反射し禍々《まがまが》しく光る。

「長々と付き合うつもりはねえ。さっさと終わらせてやるよ」

対する怪物二体はレオンに張り合うように、その力を増幅させる。

酒呑童子はさらに酒を飲み、靏の怪物は極限まで薄くしていた力を解放する。

「あまり粋《いき》がるなよ人間」

その言葉を皮切りに、絶対者とSランク級の怪物二体が衝突する。

最初に動いたのは酒呑童子だった。

一直線にレオンに接近しその剛腕を振るう。

確かに速く、先程よりも格段に威力は上がっているがそれでもまだ足りない。レオンは首を僅かに反《そ》らすことで最小の回避をすると、そのガラ空きの腹部に拳を叩き込む。

しかし、その拳が酒呑童子の腹を穿《うが》つことはなかった。

レオンの拳は軌道を強引に変え、己の背後で短刀を振るおうとしている靄目掛け、薙《な》ぎ払うように横に空間を裂く。

『ッ!?』

明らかな死角。確実に入るはずであった一撃を防がれ、靄は動揺する。

「ふっ！」

その隙を逃さず、二体それぞれに蹴りを叩き込み、左右に吹き飛ばす。

レオンに奇襲は通用しない。

それは【獅子宮】の能力に秘密があった。

【獅子宮】は複数の性質を持つ複合型の能力なのだ。

現在確認されているものは【先見《せんけん》】、【調子上進《ちょうしじょうしん》】、【獅子奮迅《ししふんじん》】の三つ。どれも単体でも破格の能力だと言われているものを三つも内包しているのだ。

靄の攻撃を防いだのは【先見】によるものだ。その効果は自身に降りかかるあらゆる攻撃を三秒先まで全て見抜くという能力だ。故《ゆえ》に、レオンに対して奇襲は意味を成さない。狡猾《こうかつ》に攻めようとすればするほど、逆を突かれる結果となる。

【調子上進】は戦闘中に調子が徐々に上昇し、力が格段に増加していく。その正確な割合は不明だが、継続時間次第で攻撃力なら序列二位に届き得ると言われている。ただ【獅子奮迅】に関してのみ、過去に一度しか使用されていないことから詳細は未《いま》だ不明であった。

「おいおいそんなに呑気《のんき》でいいのか？　――どんどん手に負えなくなるぞ」

レオンの調子が上昇する。

彼の纏《まと》う覇気が一段と膨れ上がり、空気が悲鳴を上げるように共振する。

その圧倒的な覇気に当てられ、思わずといったように後退《あとじさ》りする酒呑童子。

しかし、その後退は己の首を絞めることに他ならない。今もなお調子を上げ続けるレオンを倒すためには、力が上昇していない序盤のうちに仕留める以外は不可能に等しいのだから。

レオンがこれまでに討ち取ったSランク級の怪物の総数は二十五。

どの怪物も恐るべき力を誇り、Sランクの上位であれば、序盤のうちはレオンを圧倒するような強敵も存在した。

しかし、最終的に戦場に残るのはレオンのみであった。

力が上昇し続ける存在には、いかに国を相手取る怪物であろうと敵《かな》わなかったのだ。

レオンの戦闘時間は、最長でも僅か六分。

五分を超えた頃には一撃で地形を変えてしまうほどの威力へと昇華《しょうか》する。

故に、その力に敬意と畏怖の念を込め、人々は彼をこう呼ぶ。

【破壊王《はかいおう》】、と。

ことごとくを破壊するレオンを体現する二つ名だ。

戦闘開始から、二分が経過した。

最早レオンの動きを怪物たちが捉《とら》えることはできない。気配を察知し、攻撃を振るおうとも既にその場にレオンの姿はなく、残像だけが幻のように残される。

「どこ見てんだよ」

気づいた時には体に鈍《にぶ》い衝撃が走り建物を破壊しながら一直線に吹き飛ばされる。

『このッ、チート野郎が！』

相対して実感する格の違い。レオンの滅茶苦茶すぎる力に酒呑童子が憤懣《ふんまん》やるかたないというように叫ぶ。

『酒呑童子よ！　こっちへ来い！』

靄が酒呑童子を呼び寄せる。

（あん？　まだ何かあんのか）

不可思議な行動に眉を寄せるが、すぐにどうでもいいことだと切り捨てる。

何をしてこようが正面からぶち破るのみだ。もう戦闘開始から二分以上経過したレオンを止められるのはＳＳランクの怪物か、自分以外の七人の絶対者のみだ。

「終わりだ」

二体が合流した場所目掛け必殺の拳を振り下ろす。

『ちッ、できれば使いたくなかったが』

靄は懐《ふところ》から瓶のようなものを取り出すと地面に叩きつける。

「？」

レオンは再度眉を寄せるが拳は止まらず、二体に向かって放たれた。

地面が抉《えぐ》れ、周囲の建物が爆風によって吹き飛ばされる。

確実に死へと誘《いざな》う一撃であったが、拳を放った場所には、敵の姿はどこにもなかった。

「……なるほどな、逃げられたか」

レオンの拳が怪物に突き刺さる寸前、その姿が掻き消えた。

（あれは転移か？　何かきな臭《くせ》えなあ……今からでも追うか？）

能力を全開にすれば、たとえ転移していようが奴らの居場所はわかるだろうと考えるが、即座にその考えを改める。

「ま、いいか。俺がそこまでしてやる義理はねえしな。それに」

――あの坊主がいれば大丈夫だろう。

元はと言えばレオンがこの場に来たのは隼人《はやと》の力を感知したからだ。

強者の存在に胸を高鳴らせながらやってくると、あの二体の怪物に襲われていたわけだが……隼人が本気を出せばあの程度の怪物であれば問題ないだろうと判断する。

「坊主のあの力、どこか一位に似てるが親戚か何かか？」

誰もが認める絶対者の一位、つまり世界最強の能力者。

レオンはその一位と隼人の能力に類似したものを感じた。

さすがに一位ほどの覇気は感じられなかったが、それでも自分と闘える程度の力はあるだろうと考えると、無意識に口角が上がる。

「そのうち拳を合わせる機会ぐらいはあるか。その時を待つとするか」

レオンは気分良さげに踵《きびす》を返す。

この時のレオンはまだ知らないが、二人が拳を合わせる機会は案外近くまで迫っていた。


現在俺たちは井貝さんの砂に乗って、目的地まで移動中だ。

「あ～、涼しい」

護衛中に何くつろいでるんだと怒られそうだが、なにぶん心地良くて自然とだらけてしまう。オープンカーでドライブするのって、こんな感じだろうか。

いや、ちゃんと護衛の方もやってるから心配はいらないよ？

最早、探知だけでやり過ごすつもりはない。能力を全力で使わなければ最悪護衛対象を守り切れないだけでなく、俺自身が殺される可能性さえゼロではない。

正直言って俺は今回の任務を楽な仕事だと考えていたが、Sランク級の怪物が普通に出てきたことを考えると、その難易度は今までの比ではないだろう。力をセーブする余裕などまったくない。

（こういう想定外があるから特殊対策部隊の生還率は低いのかもな）

一つ疑問なのだが、他の護衛任務もこんな感じなのだろうか？

だとしたら俺はもう今後絶対に護衛任務は受けない。こんなもん命がいくらあっても足りねえよ。怪我《けが》でもしたら特別手当とか出るんだろうな？　あぁん？

それにしてもあの赤髪のおっさんにSランク級の相手を任せたけど大丈夫だろうか。ついつい街を壊滅させちゃいましたとかにならないだろうか。

万が一にも負けるとは思わないが、うっかり逃がすようなことはあるかもしれない。

先程までは後方から激しい戦闘音が響いていたが、今は完全に鳴りを潜《ひそ》め、静寂が辺りを占めている。

おっさんがちゃんと倒していることを祈ろう。神は祈る者を救うのだ。いくら頑張っても、逆にフラグを立てても無駄なのだから（俺調べ）、祈るのが正解なのだろう。これでもダメだったら……いや、やめておこう、これもフラグになってしまうからな。愚痴は仕事が終わってからだ、やれやれだぜ。

「柏木《かしわぎ》様、周囲に敵はいませんか？」

「はい、大丈夫ですよ」

「……おかしいですね。狙うなら今が絶好の機会だと思うのですが」

井貝さんの予想は当たっている。

実際、俺の感知にちょくちょくこちらを狙う存在はヒットしていた。

ただ、そういった存在は把握次第、俺が順次潰していったから報告する必要がなくなっただけだ。厄介な敵が出てきた以上、他の奴らのことをいちいち報告して対処する暇《ひま》はない。

闘気を広げ対象を文字通りに潰す。今頃は至る場所でスプラッター状態の死体が転がってることだろう。

敵が引き金を引いた瞬間、もしくは能力を発動した瞬間に限定しているため、無関係の人間は巻き込んでいないと思う。

「それにしてもあんな怪物にまで狙われているみたいですが、移動したところで何か変わるのでしょうか」

あのレベルになると迎え撃って滅ぼさない限り、安全な場所はないと思うのだが。

「ええ、今目指している施設は防衛に特化した場所となっていまして、たとえSランク級の怪物であろうと易々と突破できるものではありません。そして私たちが籠城《ろうじょう》している間に新たに援軍が来る手はずですので心配は無用というわけです」

「ははは！　それなら安心だな！」

出たなスキンヘッド！　そして息をするようにフラグを立てるなこの野郎！

ああ、これは突破されるな。間違いなく突破される。

今ので俺の死亡率が二〇パーセントになったよ。

「はあ……」

……まあ、戦うことになることは最初の段階で何となく感じてはいた。そのことはまあいい。

しかし、戦うにしても、できれば人里から離れた場所がいいのだが、さすがに難しいか。

「目的地までおよそ一〇キロです。皆さん気を抜かないでください！」

あと少しだな。

さ～て、どこから来る？　右か左かそれとも目的地で待ち伏せしているか。

「ん？」

妙なものを感知したな。

あれは生物ではなく機械だ。不気味な瘴気《しょうき》に似た磁場を纏っているようで、俺の闘気が弾《はじ》かれた。

直接叩けばどうってことはないが、今この場から離れるわけにはいかない。せめて井貝さんの言う防御施設に高宮姉妹を届けてからでないと。

「あ～、サリーに会いたい」

癒《いや》しが足りない。

胃に穴が空いたら休暇を取れるだろうか。

…………

「……着いた？」

目の前には巨大な白塗りの施設が建っている。

建物を囲うように防衛機械などが林立しており、見た目はかなり物騒だ。

移動におよそ一〇分。

その間に襲撃がなかったわけではないが、軽く捻り潰せる程度の敵しかいなかったので存在しなかったものとする。

これではあまりにもあっけない。

いや、何もないに越したことはないのだが、ここまでずっと気を張っていたものだから少々拍子抜けしてしまった。

「とりあえず皆さん、施設の中に入りましょう。ここまで来ればもう安全ですよ」

井貝さんに促されるままに、護衛の皆と二人の令嬢が施設へと足を進める。

「……」

ただ俺だけは足を止め、その場に残る。

失礼かもしれないが、俺は内部の人間も疑っている。

もしこのまま俺も施設に入ることで、誰も身動きが取れなくなる状況になれば、この任務は失敗だ。

「ん？　柏木様どうなされました？」

「すいません。少し気になることがあるので確認しに行ってもよろしいでしょうか？」

「気になることですか？　……わかりました。ここまで来ればお嬢様方に危険はないでしょうし、大丈夫でしょう。是非とも気をつけてくださいね」

「はい」

俺は施設を離れ、移動を開始する。

目指すは移動の際に感知した不気味な機械だ。なにも関係ないのならばいいが、厄介な戦術兵器である可能性もある。

「飛ぶか」

施設から少し離れた地点で、地面を蹴って空高く飛び上がる。

そのまま建物の屋根に着地すると、残像を引きながら屋根伝いに移動する。

「ママ～、屋根の上に忍者がいるよ～」

「あらあら忍者さんなのに昼間っから仕事してるのかしらね～」

……いや、なんか恥ずかしいな。

でも今は一般人にバレないように気を配る余裕なんてないんだよ。

あと踏み込みが強すぎて、ところどころ屋根が割れてるけど本当にすみません！

後で金剛《こんごう》さんに弁償してもらうよう掛け合ってみますので何とぞお許しを……もしかして俺の給料から引かれるか？

それは移動し始めて五キロを越えた辺りで起こった。

「……さすがにこれは予想外」

俺が目指していた機械がある場所から、天を衝《つ》くように一本の光の柱が空に伸びている。そしてそれだけに留《とど》まらず、高宮姉妹の避難した施設を囲うように追加で三本の光が現れ、柱同士の間を透明な膜が繋ぐ。

「結界か」

その強度はわからないが、ここまで大がかりな準備をしたんだ。簡単に破ることはできないだろう。井貝さんの言っていた援軍も期待できないかもしれない。

援軍が入れるように機械を破壊するか、ここで引き返して俺が援軍に向かうかを瞬時に天秤《てんびん》にかける。数秒の思考を経て、急停止すると体を反転させ施設へと疾走する。

どうにか俺が行くまで耐えてくれ！

「それでは皆さん、私についてきてください」

先程出ていかれた柏木様が気掛かりですが、今はお嬢様方の安全を最優先させていただきましょう。

護衛の皆さんを伴い施設の最も堅固《けんご》な場所であるコントロール室へと移動する。

「おおぅ、何がなんだかわからんが凄《すげ》ぇ場所だな」

「どれだけ金かけてるんだ？」

「俺たちが一生手にすることがない額なのは確かだな」

コントロールに入ると、皆さんは口々に感想を漏らす。

この部屋は施設に存在する全ての機械の脳だ。したがって、それらを稼働させるための装置が至る所に設置されており、初めてこの部屋を見る者はその規模に大抵驚愕《きょうがく》する。

皆さんの様子を横目に私は機械を操作して施設を稼働させていく。

すると施設を覆《おお》うように半透明の膜が出現する。この膜はあらゆる敵の能力を吸収する結界だ。たとえSランク級の怪物が再度襲ってこようとも、この結界を破るのは時間がかかるだろう。

「よし、これで後は援軍を待つだけですね」

予定ではそろそろ連絡が入るはずだ。

プルルル！　とポケットから通知音が鳴る。

「おっと、タイミングがいいですね」

どうやらちょうど援軍から連絡が来たようだ。

スマートフォンの通話ボタンをタップして耳に当てる。

「はい、井貝です。それでいつ頃——」

『高宮家の執事か！　非常にマズイ事態になった！　現在こちらは何者かが仕掛けた結界によって、そちらに向かえない状況だ！』

「……この施設の結界なら、私がシステムに許可を出せば通れますから大丈夫なはずですが」

『違う！　一度外を確認しろ！』

何があるというのかと疑問を持ちながら、コントロール室から出て窓から外を覗く。

そして、その光景に絶句した。

「……なんですか……これはッ！」

天高く伸びている光の柱が四本。この施設を囲うように屹立《きつりつ》し、その間を薄紫の膜が覆っており、外との一切を遮断していた……いや、中からの脱出を不可能にしていると言った方が正しいだろうか。

『私たちは結界の突破を試みる！　時間がかかるかもしれないが少しの間耐えてくれ！』

電話の内容が頭に入ってこない。力なく震える指で通話を切断する。

この震えは恐怖からではない。溢れんばかりの怒りが体を巡っているのだ。

「ここまで……ここまでするのかッ！」

強く握った右手を壁に叩きつける。

能力が特殊だというだけで、どうして彼女たちの自由が脅《おびや》かされなければならないのか。

彼女たちを狙っているであろう一部の上層部も、研究者たちも狂っているとしか言いようがない。

ウォーン！　ウォーン！

怒りに肩を震わせていると、突如施設内に警報が鳴り響く。

「……来ましたか」

私は急ぎ足でコントロール室へと戻る。

「おいおい執事のあんちゃん、この警報はなんなんだ？」

「どうやら敵が来たようです」

「敵だと⁉　ここは大丈夫なのか！」

岩谷《いわたに》さんの疑問はもっともですが、今は答えている暇がない。

すぐさまパネルを操作して施設付近の様子を画面に映す。

「おいおい、こりゃまずいぞ……」

「あいつは倒されたんじゃないのか！」

「隙をついて逃げ出したんだろう……最悪の状況だな」

その映像には、町を破壊しながらこちらに迫る三体の怪物の姿があった。

一体は高速道路で遭遇した鬼の怪物。あとの二体は初見だが、そのうちの一体は人間に近い容姿をしている。ただ、体の半分が機械のようなものと融合していて、残りの一体は全身を覆うフードによって、その姿かたちがまったく確認できない。

鬼が建物を拳で薙ぎ払い、半身が機械の怪物は浮遊する鉄骨などを操り、破壊の限りを尽くしていた。

一般市民は逃げ惑《まど》い、最も安全だと言えるこの施設目掛け押し寄せてくる。

『助けてくれ！』

『誰か救急隊に連絡して！』

『あんなん救急隊にどうにかできるわけないだろ！　特殊対策部隊すら不可能だ！』

『早く入れてくれ！』

（これは……本当に最悪の状況ですね）

これだけの人数を施設に入れることはできない。

しかも結界を張っている状態で無理に入れようとすれば、必ず結界のどこかに綻《ほころ》びが生まれてしまう。

映像をよく見れば怪物たちは建物を破壊しているだけで、人間に直接危害は与えていない。

明らかにこちらの泣きどころがわかってる動きだ。

「くっ！」

……やはり、裏切り者がいるみたいですね。

それもこの施設の能力を知っている重鎮が。

「……井貝。大丈夫ですか？」

私の焦《あせ》りに気づいたのか、春香《はるか》お嬢様が私の右手を優しく包む。

「……はい、ご安心ください。私は大丈夫ですよ。春香様はこの場から動かないでくださいね」

いけない。

私が弱みを見せてどうするのか。お嬢様が最も恐怖を抱いているのだ、彼女に心配されるようでは専属執事失格だ。

パネルの映像を閉じるとコントロール室から退出する。

その際、この瞳にお嬢様方の姿をしっかりと焼きつけて。

「行くのか」

部屋の外には壁に寄りかかって、こちらを見る岩谷さんの姿があった。

「はい。お嬢様方のことをよろしくお願いします」

「おいおい、死ぬつもりじゃねえだろうな？」

「そんなわけないじゃないですか」

いつもと変わらぬ笑みを浮かべる。

岩谷さんはそんな私を見て、少し眉を寄せると溜め息を一つつく。

「俺も一緒に行ってやるよ」

「なっ⁉　岩谷さんは大事なことがあるはずです！　こんなところで――」

「死にに行くわけじゃねえんだろ？」

「それは、そうですが……」

「じゃあ、大丈夫だ。一人より二人の方がいいに決まってるからな。それより急がないと本格的に死人が出てくるぞ」

「……ああ、もう！　わかりましたよ！　その代わり死んでも知りませんよ！」

納得はいかないが、今は人命が優先だ。

本当に生きて帰れたら、岩谷さんには返し切れない恩ができますね。なんて、ありもしない未来を思うと少し笑えた。

◇

施設から出ると、結界の前に大勢の人が集まっているのが見える。

その目と鼻の先には怪物たちが暴れているのが確認でき、ここに到達するのも時間の問題であろう。

私の姿を視界に入れた人たちが早く入れてくれと懇願《こんがん》するが、私は首を横に振る。

それに絶望した表情を見せる人たちに、私は言葉を続ける。

「大丈夫です。この施設に入れることはできませんが、私があの怪物たちを押さえておくのでその間に皆さんはこの場から離れてください」

「あ、あんた……」

「では」

何かを言おうとしていた男性の言葉を聞く前に、砂を操作して岩谷さんとともに怪物のもとへと移動する。

降りかかってくる瓦礫《がれき》を躱《かわ》しながら、建物側面伝いに移動し、怪物の頭上を取る。

『あん？　てめえはさっき見た奴だな』

鬼がこちらに気づくとその表情を獰猛《どうもう》なものへと変える。好都合だ、私に意識を割いている間は被害を抑えられる。

『お前ら邪魔するなよ。こいつは俺の獲物だ。憂《う》さ晴らし程度にはなるだろ』

鬼の言葉に従うように二体の怪物が後ろへ下がる。

「らぁあああああ‼」

岩谷さんが砂から飛び出し、鬼目掛け拳を振り下ろす。

岩谷さんの能力は【生命増幅《ライフアンプリフィケーション》】、己のエネルギーを増幅させ、攻撃に転換する効力を持つ能力だ。

その拳には全力のエネルギーが込められており、決して生半可なものではない。

しかし……

『はっ、この程度かよ』

鬼はその拳を右手一本で受け切る。

続けざまに岩谷さんの脇腹目掛け、鬼の左足が迫る。

「させません！」

衝突する直前で何とか砂を操り、岩谷さんを回収すると、鬼を覆うように砂で周囲を固める。

「これで少しは――」

『止められるってか？』

背後！

勢いよく振り返る。そこには捉えたはずの鬼の姿があり、既に拳を振りかぶっている状態で待機していた。先程対峙《たいじ》した時よりも明らかに速くなっている。

『死ね』

咄嗟《とっさ》に砂で両腕を覆い、防御体勢を取る。

次の瞬間、砲撃されたかと錯覚するほどの打撃が腕を襲い、鈍《にぶ》い音を立てる。それだけに留《とど》まらず抑え切れなかった衝撃で体が吹き飛び、後方の建物を倒壊させていく。

「井貝！」

『てめえも沈んでろ』

「がはッ！」

一撃、頭上からの拳が岩谷さんを襲い、その意識を刈り取る。

「はあはあ」

地面を幾度も転げ回り、ようやく停止した。

両腕は粉々に砕け、力がまったく入らない。

少しは止められると思った。

高速道路での戦闘では、ある程度私の能力は通用していたはずだ。なのに今は戦闘と言うのもおこがましいほどに鬼との力の差がありすぎる。

「どうして……」

『もしかして俺を少しでも相手取れるとか思ってたんじゃねえだろうなあ。おいおい、自惚《うぬぼ》れも大概にしろよ！』

私を追って、鬼が目の前に降り立つ。

『あんな遊びが本気なわけねえだろうが、二升飲んでる今の俺相手に勝ち目はねえ』

鬼の闘気が膨れ上がる。

それは最初に会った時とは比べものにならないほどで、鬼の言う遊びが本当であったことが嫌でも実感させられた。

……そうか、最初から勝ち目なんてなかったのか。

「井貝！」

背後から少女の声が聞こえた。

私は、よく知っている人物のその声に思わず振り返る。

「春香お嬢様！」

それだけではない。その後ろには瑠奈《るな》様もおり、今にも泣きそうな表情をしている。

（どうして出てきたのですかッ！）

何故施設から出ているのか、早く戻ってくださいと叫びたいが、内臓もやられているのか上手《うま》く言葉を喋《しゃべ》れない。

集中していて気づかなかったが、どうやら施設の近くまで飛ばされてしまったようだ。

このままではいけない。この鬼を一刻も早くこの場から遠ざけないと。

「くッ！」

能力を発動しようとするも、腕の激痛にバランスを崩して、片足をついてしまう。

『お前を殺した後は小娘もすぐに送ってやるよ。だからいい加減観念してくたばれ！』

鬼の左足が私の顔目掛けて迫ってくる。

「いやぁあああああ‼」

……すみませんお嬢様。私はどうやらここまでのようです。

高宮家での日常が走馬灯のように蘇る。

庭で元気に笑い合って走り回る春香様と瑠奈様。

花で冠を作って私の頭に載《の》せていただいた時は本当に嬉しかった。

（ああ、神様……）

私はどうなってもいい……

けれど、あの方々だけはどうか……どうか助けてください。

心の優しい方々なんです。

笑顔の似合う可愛らしい方々なんです。

だからどうか……彼女たちから……その笑顔を奪わないでください。

視界の端から影が飛び込んできた。

「え……？」

『何ッ!?』

ふと鬼の足の動きが止まった。

鬼の驚愕の声から、奴の意思によるものではないことがわかる。

よく見ると、私を踏み潰そうとした鬼の足を遮《さえぎ》るようにして割り込んできた別の足が、鬼の動きを止めていた。

「面白そうなことしてんなあ、ちょっと交ぜろや三下」

怒りの籠《こも》った声が頭上から聞こえる。それは鬼の声ではない。そして、その声を私は知っていた。

私は恐る恐るといったふうに、顔を徐々に上げていく。

太陽の光が眩《まばゆ》く射す中、目を細めながらその人物の姿を視界に収める。そして流れる雲によって陽光が遮られた際、その人物の正体が明らかとなった。

「柏木様……？」

そこには探知能力者である彼がいた。

七章　極致
——episode.07——

あっぶねえ。

もう少し到着が遅れていたら井貝《いかい》さんが殺されるところだった。逃げ惑《まど》う一般市民を見て限界まで速度を上げて良かった。

『おい雑魚《ざこ》……いつまで邪魔な足を置いてやがる』

声の方に顔を向けると、そこには先程の酒呑童子《しゅてんどうじ》が。

はあ……赤髪のおっさん絶対手抜いただろ。

できれば処分してほしかったんだが。

「お前こそ足をどけろよ、三下」

俺の挑発にその顔を見る見るうちに憤怒《ふんぬ》の色に染め上げ、殺意を滾《たぎ》らせる。

『……三下だと二度も言ったな。劣等種がほざいてんじゃねえ！』

俺の顔を狙って剛腕が振るわれる。

力はそれなりだが、それだけで何ともお粗末かつ短絡的な攻撃だ。直情的な敵ほどやりやすい相手はいないだろう。

「ふっ！」

拳を見切り、顔すれすれで回避すると、井貝さんへの蹴りを阻止した左足を動かし酒呑童子の足を潰《つぶ》すように上から押さえつけ、その足を軸にして奴の顔面目掛けて右足を叩き込む。

『あがッ⁉』

俺の右足は狙い違《たが》わず酒呑童子の顔を捉《とら》え、奴の体を大きく吹き飛ばす。想像以上に硬いが、数度打ち込めば、まだどうにでもなるレベルだ。

「おお〜、飛んだな」

思いの外《ほか》力が込もっていたのか、建物を次々にぶち抜きその姿が見えなくなってしまった。

その隙《すき》に周囲の確認をする。

護衛対象である高宮瑠奈《たかみやるな》はその姉、そして護衛の能力者とともに施設を覆《おお》う結界（？）の中に保護されている状態だ。

そして施設の周囲には一般市民がそこそこ集まっている。

彼らは少々邪魔ではあるが、そこまで戦闘に支障はないだろう。もしも死んだ時は自己責任ということで……今回は俺もそこまで余裕がないからな。

敵に目を移す。

「増えてるじゃねえか……」

敵の数は三……いや、四体か。

気配の薄い怪物が一体いるな。おそらく高速道路にいた奴と同じだろう。

そして新たに現れた二体。

体の半分が機械の奴とフードを被った奴だ。

フードの能力は完全に不明だが、機械の怪物は周りの空間に鉄骨やら車などが浮遊していることを考えれば念動力、もしくは金属を操作する類《たぐい》の能力だろうと推測する。

それにしても周囲にいる全員、顔色が暗い。

赤髪のおっさんが来たときは全員が顔に安堵《あんど》を浮かべていたが、今は絶望の表情となっている。酒呑童子を蹴り飛ばしたぐらいでは安心できないということか。

「あんまり柄《がら》じゃないんだが」

少しでも心にゆとりがないと咄嗟《とっさ》の行動ができないからな。

ここは少しはったりをかますか。

俺は上着を脱ぎ捨てる。

「ッ、その紋章は……！」

俺のシャツに縫いつけられている龍の紋章。

その紋章の意味を知っているが故《ゆえ》に、これを見た井貝さんが驚愕《きょうがく》の声を上げる。

「特殊対策部隊所属、柳隼人《やなぎはやと》。現時刻より敵を掃討《そうとう》します」

俺の言葉に不可視の怪物から怒気を感じる。

まさか俺が家族以外の他人のために戦う日が来るなんてな。人生何が起こるかわからん。

後ろに振り返ると、軽く笑みを浮かべる。

「安心してください。まあ敵もそれなりに厄介ですので十分ほどかかってしまいますが、皆さんに危害は加えさせませんから」

十分は大袈裟《おおげさ》に言い過ぎただろうか。高ランク級が四体、俺の実力ではもう少し時間がかかるだろう。

……まあ、いいか。どっちみち殺すことに変わりはないのだから。

敵がどれだけ強かろうが、徒党を組んでいようが関係ない。

俺の前に立ちはだかる障害、そのことごとくを滅ぼそう。

これは俺が決めた確定事項だ、変更など存在しない。

「さて、まずはどうするか」

多くの人の思いを背に一歩踏み出す。

たった一人で何ができるのかと、既に生きることを諦《あきら》めている者もいるだろう。

不安に駆られ、体の震えが止まらない者もいるだろう。

俺はその気持ちをなだめるための言葉は紡《つむ》がない。

あなた方に何かをしろとは言わない。

ただ――

――俺を見ていろ。

その不安ごとこの拳で粉砕してやる。

◇

「おいおい、お前の利点は姿が見えないことだろ？　自分から存在を明らかにしてどうするんだよ」

どこからともなく声が聞こえてくる。

『小僧、貴様あまり調子に乗るなよ』

さすがに姿は見せないが、声が聞こえてくれば居場所は特定できる。

「ふん、貴様が儂《わし》を感知しておることなどとうに気づいておるわ。まったく、絶対者に続いて貴様のような特殊対策部隊まで出しゃばってくるとは……」

忌々《いまいま》しげな感情が伝わってくる。

確かに俺がこの場にいなかったら、何の障害もなく簡単に高宮瑠奈を奪取できていただろうことを考えれば奴の怒りは当然か。

「お互い様だろ。お前らみたいな屑《くず》が出しゃばってきたから、わざわざ俺が来てやったんだよ。

護衛対象を使って何するつもりか知らないが、お前らの計画はこの場でぶっ潰してやるよ」

その場で軽く飛んで体を慣らす。

(絶好調とはいかないが、支障はないな)

いつもより、少し体が重い。

体調には気を遣《つか》っていたはずだが、何かおかしなものでも食べたか？

思考する最中、遠距離から建物の瓦礫《がれき》が飛んでくる。

「山砕《やまくだ》き」

右腕を振りかぶり瓦礫を消し飛ばす。

次いで、眼前に降り立つ酒呑童子。

(でかくなってねえか……？)

先程と比べ、その身に纏《まと》う闘気をさらに増しているところを見るに、酒を飲んで強化したのだろう。さすがに限度はあるだろうが、できるだけ早めに殺しておきたいな。よほど頭に来ているのか、瞳が限界まで血走っている。

『下等生物風情《ふぜい》が！　この俺様を蹴り飛ばしたことを死んで後悔しろ！』

「お前如きが俺を殺せると？」

酒呑童子の闘気と俺の闘気がぶつかり合い、空間に歪《ひず》みができる。

ぶっ飛ばされた程度でどれだけ怒ってんだよ。

俺は日常茶飯事だぞ。

怒りのままに酒呑童子は地を駆け、俺との距離を詰める。

速い。高速道路の時とは完全に別もの。

他の者たちには視認すらできないほどの速度だ。

一秒にも満たない刹那《せつな》で俺を射程に収めると、体をうねらせながら左腕を突き出してくる。

まともに当たれば死は免れない一撃。

——起きろ、戦神《マルス》。

己の位階を上げ、さらに戦神に存在を近づける。

『ッ⁉』

鬼の渾身《こんしん》の一撃を右の掌で掴み取り、その衝撃を完全に殺す。

「鬼風情が俺《神》に勝てるとでも？」

渾身の一撃を容易に受け止められた酒呑童子は、信じられないものを見たというように目を見開いた体を硬直させる。

『いかん⁉　そ奴から離れろ！』

酒呑童子の左右から半身が機械の怪物と、靄《もや》の怪物が俺に迫る。

靄の言葉に、我に返った酒呑童子は、その場から飛び上がり大きく後退する。

『はッ！』

『……』

左から霧の怪物が、恐らく短刀であろう武器を横薙《よこな》ぎに振るい、右から機械の怪物が浮遊する鉄骨を高速で投擲《とうてき》する。

「ぬるいな」

左手で短刀をいなし、飛んでくる鉄骨をバックステップしながら高速で回避する。

『……ツイカ』

機械の怪物の呟《つぶや》きとともに、さらに空間から鉄の剣が生成される。

(操作系ではないのか?)

総数二十本の長剣がこちらに狙いを定め、空間を切り裂きながら次々に降りかかる。

まあ、多少増えたところで問題はない。

目視で五本回避し、続く十四本の長剣を拳で破壊、そして最後の一本を右手で掴む。

「返すぞ」

ズドンッ！　とおよそ投擲によるものとは思えない轟音を上げながら右腕から放たれた長剣が機械の怪物目掛け飛翔する。

『零《ゼロ》』

ローブの怪物が何事かを呟く。

何かの攻撃かと思い警戒するが、周囲に変化はない。

が、俺が投擲した長剣の軌道がふいに逸《そ》れ、おかしな方向へと飛んでいく。

長剣はそのまま機械の怪物の横を通り抜け後方の住宅を両断した。

（軌道をずらしたのか……？　まずは敵の能力を明らかにさせるべきか）

どうやらローブの怪物の能力は単純なものではないようだ。


能力不明の怪物たち。

とりあえずそいつらの能力を見極める。

「まずはお前だな」

半身が機械の怪物。

最初は念動力系の能力かと思ったが、長剣を造り出したところを見るに違うと思われる。

しかし、かといって生成系の能力でもない。それは今もなお奴の周りを浮遊する鉄骨や長剣を見たら一目瞭然《いちもくりょうぜん》だ。

瓦礫を足場に奴のもとへ疾走する。

『おらぁああ‼』

疾走する俺の左側から叫びながら拳を突き出す酒呑童子。奇襲もまともにできないのか。

俺はその拳を左手の甲で受けると、体をひねり、奴の腹部目掛け右正拳下段突きを繰り出す。

『ぬん！』

おお、マジかよ。

こいつ俺の攻撃を腹筋で受け止めやがった。

「なら、もう一発」

『させぬわ！』

背後から振るわれる短刀を、首を左側に傾けることで回避する。少し避けるのが遅れたのか、髪が多少切られ宙を舞う。

……面倒だな。

少しでも気を抜けば靄の位置が把握できなくなる。

『ぶっ飛びやがれ！』

怒声とともに繰り出される酒呑童子の蹴りを俺はあえてこの身で受ける。

その際、ほとんど衝撃を地面に流しているので、身体的なダメージは極限まで減らしている。

それでも受け流し切れなかった衝撃で体が宙を浮き、吹き飛ばされていることを考えれば、酒呑童子の攻撃がいかに強烈であるかがわかるだろう。

吹き飛ばされる中、空中で体を回転させ周囲の確認をする。

重傷を負っている井貝さんと岩谷《いわたに》さんが施設の際《きわ》まで退避しており、現在治療中のようだ。

護衛対象は井貝さんの近く、結界の向こうで泣きじゃくっている。早く施設の中に入ってほしいんですが……

そして俺を追走する三体の怪物と、まったく動く気配のないローブの怪物。

（さっきから動かないのが逆に不気味だな。唯一の行動といえば〝零〟と数字を唱えたことぐらいか……？）

と、状況の確認を終えると、ちょうど三体の怪物が俺に追いつく。

投擲される三本の鉄骨を体を宙でひねることで何とか回避する。

酒呑童子と靄は俺の着地点に先回りして、拳と短刀を構える。

そして俺の着地と同時に、破壊の拳と煌《きら》めく銀閃《ぎんせん》が迫る。

「絶対領域」

戦闘に不要な要因を全て切り捨て、俺を中心とした半径一メートルの空間に五感を全集中する。

『なにッ⁉』

『むッ⁉』

振り向きもせず右手を後ろに伸ばし酒呑童子の拳を止め、靄の一刀を接触する体の一部に闘気を集中させることで防ぐ。

反撃のために振り返ろうとするが、その前に地面からの異変を感知した。

俺の真下の地面に砂鉄が集まり、龍の顔を造り出す。この攻撃の主はおそらく半身が機械の怪物だろう。

（こんなこともできるのか）

感心半分に、迫る龍の姿を眺める。

そして体全身を呑み込むほどの巨大な顎《あご》が閉じる瞬間、俺は密かに溜《た》めていた闘気を全方位に向け解放する。

「崩星《ほうきぼし》」

超高純度の闘気は龍の顔を一瞬にして崩壊させ、それだけに留《とど》まらずに周囲の建物すら巻き込み、そのことごとくを倒壊させた。

「一体ぐらい殺《や》れると思ったんだがな」

砂塵《さじん》が舞って、視界は晴れていないが、未《いま》だ四体の怪物が健在であることは感知でわかる。

さすがはSランク級ということだろう。

俺の真後ろにいた二体もあの距離から回避を間に合わせられるとは思わなかったが。

「何だ？」

砂塵の中を僅《わず》かに雷光が走った。

「はッ！」

砂塵を拳圧で吹き飛ばし視界を確保する。

『ターゲット、ロック』

そこには左腕に物騒な武器を融合させた機械の怪物がいた。

融合している武器は銃の形状をしており、二本のレールの間を雷光が走り続けている。

（電気？　まさか、こいつの能力は——）

準備は既《すで》に整ったのか、銃口を俺に定め、後は発射するだけの段階に移行している。

『超電磁砲《レールガン》』

空気を震撼させるほどの轟音とともに極光が放たれた。

「マジかよ⁉」

さすがの俺もこれには焦《あせ》る。

超電磁砲は俺でも聞いたことがある破壊兵器だ。

物体をローレンツ力によって撃ち出す装置で、その速度はおよそ時速七〇〇〇キロ以上とされている。マッハはおよそ時速一二〇〇キロメートルであることを考えれば、これと比べれば超電磁砲の速度がいかに異常であるかがわかるだろう。

（速《は》えぇ！）

目視がまったくできないわけではない。

しかし、やはりこのレベルの速度は弾丸がブレて見える。

上体を僅かに反《そ》らして回避を試みるが、

『五十』

ローブの怪物の呟きとともに、弾丸が軌道を僅かに変えて俺に迫る。

「ッ⁉」

最早言葉を出す余裕もない。

全身の筋肉を無理矢理動かし上体をさらに倒す。

紙一重、皮膚一枚の距離でなんとか弾丸を回避する。

俺が回避したことで弾丸はまっすぐ突き進み、住宅、ビルはおろか、勢いそのままに四方を囲う結界の一部までもを貫通し大穴を開ける。しまいには遠くに鎮座する山にぶつかり頂《いただき》部分を丸ごと吹き飛ばした。

あまりの熱量によって、弾丸の通過でできた穴の断面部分が赤く溶けているのがこの位置からでもよく見える。

「……」

絶句だ。その光景に言葉が出ない。

(ラ〇エルかよ……)

規格外の威力と射程に、某アニメの青い使徒さんを思い浮かべる。

機械の怪物に目を向けると、撃った反動からか左腕が赤熱し煙が出ている。

どうやらさすがに連発はできないようだ。あの威力で連発が効くなら冗談抜きで太陽神《ラー》を出さなければ終わる。太陽神ならば弾丸が到達する前に燃やし尽くすことも可能だが、それ以前に超電磁砲を撃つ装置すら熱で溶解して弾丸を射出することもできないだろうからな。残念ながら現在は周囲に敵以外の存在が多すぎるため、太陽神は発動できないが……早く使いこなせるようになりたいものだ。

しかし、これでおおよそのことはわかった。

機械野郎の能力はおそらく【磁力操作】だろう。

磁力、電磁力を操作することで砂鉄から長剣や龍を造り出すことも、超電磁砲を放つことも可能になる。

厄介だ……非常に厄介だが、俺はもう一体の怪物の方が危険に感じる。

俺が投擲した長剣が軌道を変え、同じく超電磁砲の弾丸も途中で軌道を変えた。

最初、軌道を操作する能力かと考えたが、途中でその認識を改めた。

奴の呟く数字、それだけでなくこの場に来て何故か俺の調子がいつもと比べると格段に悪くなったこと、それに対し奴らは位階を上昇させている状態の俺の攻撃をある程度躱《かわ》せているという事実。

疲労を隠すように腕を上げ、指を開いて顔を覆《おお》う。

おそらく、奴の能力は、

「……確率変動」

ローブの隙間から三日月のように嗤《わら》う不気味な口が見えた。

◇

これは現実なのだろうか。

あの状況で、自分がまだ生きているという奇跡的な体験をした今でも、この状況を信じることのできない私がいる。それほどまでに目の前の光景は隔絶したものだった。

数分前から始まった激闘に、誰もが目を離せないでいる……

——数分前に時は遡《さかのぼ》る。

鬼の攻撃で死ぬはずだった私の前に颯爽《さっそう》と駆けつけた彼は、その鬼を蹴り飛ばした。

「なぁッ!?」

何が起こったのかわからなかった。

柏木《かしわぎ》様の顔に鬼の拳が叩き込まれたと思った瞬間には、柏木様ではなく何故か鬼が吹き飛ばされていた。

彼は探知系の能力者だったはずだ、それがどうして怪物を吹き飛ばして……

思考が混乱する中、柏木様は状況を確認するように施設の方に目を向けた後、怪物たちに視線を戻し奴らを睥睨《へいげい》する。

「あんまり柄じゃないんだが」

そんな呟きとともに柏木様は上着を脱ぎ捨てる。

同時にシャツに縫いつけられている紋章に私は目を見開いた。

「ッ、その紋章は……！」

龍の紋章。

その意味を知らない者はおよそこの日本には存在しないだろう。

国を守護する日本最強の能力者たち——特殊対策部隊を示す紋章。

全ての人々の希望の象徴でもあるそれは、猛々《たけだけ》しく煌《きら》めく。

「特殊対策部隊所属、柳隼人。現時刻より敵を掃討します」

彼は振り返り、恐怖に震える人たちに笑みを向け、軽い調子で語りかける。

「安心してください。まあ敵もそれなりに厄介ですので十分ほどかかってしまいますが、皆さんに危害は加えさせませんから」

何故だろうか。

強敵、それもSランク級の怪物であろう存在が複数体いる絶望的な状況の中で、彼の言葉を聞くと不思議と心が落ち着く。

彼——柳隼人は私たちに背を向けると怯む様子もなく悠然と歩きだした。

はっと意識を戻した私は今から始まるであろう戦いの前に素早くその場から離脱する。このまま留まっていれば戦闘の邪魔になってしまう。

◇

体を動かし何とか施設に向かう途中で、同じように施設へと向かう岩谷さんに合流した。

「岩谷さん！　大丈夫だったのですか！」

「ああ、何とかな。攻撃を受ける寸前で全エネルギーを防御に回して正解だったぜ。まあ、それでもいくらか気を失っていたようだが」

「それでも無事でよかったです」

岩谷さんに肩を貸してもらいながら、ようやく施設に到達した。

結界の中には入らず、その手前で治療を受ける。

理由としては、柳様が戦闘するにしても、この場で皆を守る存在がいた方が彼も戦いやすいと思ったからだ。民間人の中には怪我《けが》をしていて動けない方たちも複数人見受けられる。彼らを守ることで少しでも手助けがしたい。

砂を操作し、この場に残っている人たちの周囲に漂わせることで、いつでも防御可能な状態にしておく。

『井貝の馬鹿ぁ！　死んじゃうかと思ったんだから！』

『うぐっ、ぐすっ……』

結界の中からお嬢様方の泣き声が聞こえる。

こちらに飛び出してきそうな勢いだが、何とか護衛の方々が止めているようだ。

後でキツイお叱《しか》りを受けそうだ。

怪物たちと柳様は睨《にら》み合い、両者ともに動かない。

「あの坊主がまさか特殊対策部隊の一員だとは思わなかったぜ。どうだ、井貝から見て勝算はあるように見えるか？」

「いえ、おそらくですが彼は時間稼ぎが目的なのではないでしょうか」

私は何名かの特殊対策部隊の戦闘員を知っている。

有名な方で言えばやはり序列十五位の金剛《こんごう》様だろう。有無を言わせぬ絶壁で以《もっ》て敵の攻撃を完封する様は圧巻だ。

しかし、そんな彼らでもSランク級の怪物相手では一体相手取るのが関の山だ。

そして今回は、そんなレベルの怪物が一体ではない。よって柳様は敵を倒さず時間を稼ぐことで仲間の救援を待っているのだと考えられる。

「始まるぞ」

岩谷さんの呟きから数秒、ついに状況は動きだす。

柳様目掛け瓦礫の山が降りかかる。初手から必殺の攻撃に唾《つば》を飲む。

私であれば全力で回避するのが精一杯の攻撃を、彼は拳一つで薙ぎ払うと、先程蹴り飛ばされた鬼が轟音を鳴らしながら着地する。頭部に受けた打撃によるダメージはないようだ。

(先程よりもさらに強くなっている⁉)

その身に纏う気のようなものが膨れ上がり、心なしか体も大きく膨張して見える。

ここからでは聞き取れないが鬼は激昂《げっこう》しながら腕を突き出す。

それに対して柳様はその場から動く気配がない。

(気圧《けお》されてしまったのか……！)

確かに、鬼の威圧を正面から受ければ体が畏縮《いしゅく》してしまうのも仕方がない。しかし、ここで動けなければ死んでしまう。

「避けてください！」

必死に叫ぶが時既に遅し。

鬼の拳は柳様を貫《つらぬ》き……

「へ？」

誰もが予想した光景は純白の光の出現とともに裏切られる。

柳様の髪が白く染まり、彼を取り巻くように身の毛がよだつほどのオーラが揺らめく。

劇的な変化の後、彼は必殺の一撃を右手のみで受け止めたのだ。

それからの戦闘はまさに英雄譚《たん》の世界を垣間《かいま》見ている感覚であった。

体を芸術のように操り、多対一にもかかわらず、そのハンデをものともせず互角以上に渡り合っている。彼の動きに魅入られ、いつの間にか誰もが口を閉ざしていた。

「彼はいったい何者なんだ……」

誰の呟きかはわからないが、ここにいる誰もが同じことを考えていた。

……彼は最早人間の域を超えている。

「特殊対策部隊ってのは、どいつもこいつもあんなに強いのかよ」

そんなはずはない。

彼らも超一流の実力者ではあるが、ここまでではなかった。

片手でSランク級の怪物の攻撃を受け止め、それに留まらず反撃まで同時に行う彼と比べれば一段劣る。

……一つ、彼を表せる言葉がある。

「……絶対者」

理外の現象を引き起こし、Sランク級の怪物を数体同時に相手取れる、人類を代表する八人の能力者たち。

ある者は山を両断し、ある者は時すら操ると言われている人間の域を超えた者たちだ。

「まったく……当主様はどのようにして彼を今回の任務に引き込めたのか……」

いや、当主様でも彼のような存在は計算外なのかもしれない。柳様が未だ絶対者に名を連ねていないことを考えると、表舞台に足を踏み出したばかりだということだろう。

おそらく他の誰でもなく、彼がいなければ今頃私たちは皆殺しにされ、瑠奈様は敵に奪われていたに違いない。

これが運命だというのであれば、私は神に最大限の感謝を捧げよう。

「あれはッ！」

しかし、このまま倒してしまうのでないかと思い始めた時、極光の一撃がその楽観的な考えを霧散《むさん》させる。

半身が機械と融合している怪物が放った一撃。

電光を伴い放たれたそれは、まるで豆腐のように建物と結界を貫くと遠方の山の山頂すら吹き飛ばした。

「……あんなの、いったいどうすれば」

さすがの柳様もこれには動揺したのか、左手を開いて顔を覆っている。

当然だ、山を削り取るほどの一撃を見て、動揺しない者などいないだろう。

しかし、顔から左手を離した柳様の表情に自分の見解が間違いであったと気づくとともに、全身を戦慄が駆け巡った。

――で、だからどうした？

無表情に吐き捨てる柳様の姿は、一瞬にしてその場の空間を制圧した。

◇

……強いな、一体一体の能力も恐ろしいがそれらが相乗効果を生み出し、さらに凶悪なものに昇華《しょうか》されている。

しかし、それでもだ、

「で、だからどうした？」

顔を覆う左手を離し、俺は断言する。

【確率変動】、【磁力操作】、【存在希釈】、【酒飲激成】、どれもが異常でSランク級の怪物に相応しい力だ。国を滅ぼすと言われているのも頷《うなず》ける。

しかし、
絶対ではない。

無敵ではない。

どうにもできない理不尽なものではない。

いつの時代、どの場所でも絶対的で理不尽を指す言葉はただ一つ。

——『神』だ。

息をするように天変地異を引き起こし、気分次第で種すら片手間に絶滅させる超常的存在。人の物差しで測ろうとすることすらおこがましい。

人に限らず全ての生物が神に対し行える行動は祈るのみだ。神の逆鱗《げきりん》に触れず、目をつけられないようにおとなしくする。でなくば神罰という名の粛清《しゅくせい》が始まる。

もし神がこの場にいれば、目の前の敵に対し、どんな思いを抱くのだろうか。

いや、特段何かを感じることはないだろう。

かの存在にとって、神以外の存在は全て取るに足りない何かなのだから、それは赤ん坊であろうがSランク級の怪物であろうが変わらず全てが等しい。

「はは」

笑みが零《こぼ》れる。

ああ、耐えがたい。

半端に強力な力を持ったからか、仲間との布陣に死角がないと思っているからか、俺を殺せると確信しているその瞳が気に入らない。不遜《ふそん》も甚《はなは》だしい。

——喜べ、貴様らは神の怒りに触れた。

手を僅かに開閉する。

(久しぶりだな……)

戦神《マルス》では少々時間がかかるだろう。

相性も悪い。

奴らには一切の希望も抱かせない、絶対的な力で捩《ね》じ伏せねばならん。

その思い上がった傲慢《ごうまん》、この場でツケを払わせてやろう。

「ふぅ」

息を吐き、感情を圧し潰す。

僅かな波すら立たぬように……

『何かするつもりじゃッ！　畳み掛けるぞ！』

本能で危険を感じ取ったのか、俺が行動する前に仕留めようと次々と襲い掛かってくる。

『いい加減てめえも見飽きたぞ！』

雨あられと降り注ぐ酒呑童子の拳をいなし、一切の反撃をすることなく躱していく。

(感情を殺せ……反撃を考えるな、ただただ躱していればいい。今は心を無へと鎮《しず》めるんだ)

周囲に数えるのも馬鹿らしくなる量の砂鉄の剣が生成される。

『ツラヌケ』

機械の怪物が腕を振り下ろすのと同時に剣が一斉に俺目掛け突進する。

『百』

それに【確率変動】のおまけつきか……

剣の一本一本がおよそ一〇〇パーセントの確率で俺を貫くよう、俺の動きに合わせてぶれながら飛んでくる。

今の俺に全てを防ぎ切ることは不可能。

ならば……急所以外の攻撃は無視する。

「……がはッ」

無防備な体を無数の剣が貫く。

口から大量の血が吐き出され、視界が霞《かす》む。

『終わりじゃ』

目の前で短刀を振り下ろそうとする靄の存在を感知する。

対する俺は僅かに口角を上げた。少し時間がかかったがようやくだ。

心の中の波紋が収まり、その先にある扉に両手を添えて、開く。

——ああ、ようやく至った。

「武甕槌《タケミカヅチ》」

呟きと同時に、眼前の地面に天から雷撃が落ちる。

『何ッ!?』

怪物たちは思いもよらぬ攻撃に大きく後退し油断なく構えを取る。

◇

砂塵が晴れ、まず視界に映ったのは一振りの刀であった。

鞘《さや》に納められているそれは、紫電を帯びながら地面深くに突き刺さっている。

隼人は刀の柄《つか》を握ると己の左手で鞘を持ち腰辺りに固定する。

いつの間にか体に突き刺さっていた剣は全て消え失せており、それだけでなく、身に纏っていた闘気すらも霧散していた。

ただ、その両目は澄み渡る空のように清《さや》かな青に変わり、表情の消えたその顔からは感情が微塵《みじん》も窺《うかが》えない。

今の隼人からは強者の威風は少しも感じない。

それどころか一般人のそれよりも弱く感じる。

怪物たちはその異常性を前に動けないでいた。

先程まで互角に戦ってきた人間に、まったく脅威を感じないのだ。その事実は怪物たちを混乱させ、却《かえ》って恐怖を抱かせる。

『……はっ、刀を手にしたぐらいで何か変わるかよ！』

額《ひたい》に汗を浮かべながら、酒呑童子は腰の酒を一気に呷《あお》る。

全て飲み干すと瓢箪《ひょうたん》を後方へ放り捨てる。

限界値まで達した闘気、いや神気に近い力が酒呑童子を包む。体表も僅かに濃く色を変え、体を巡る血流が大きく勢いを増しているのがわかる。

酒呑童子が存在するだけで地面が震え、建物が倒壊していく。

『これが俺の全力だ。あのレオンにすら劣らぬ絶対的な力、貴様のような雑魚《ざこ》では話にすらならん』

その瞳に宿るのは絶対的な自信。

負けるはずがないと意気込み、地面を砕きながら一歩ずつ足を踏み出す。

対する隼人は口を開かない。変わらぬ無表情のまま腰の刀に手を添える。

『お前らは手を出すなよ？　ここまで舐めたまねしてくれたんだ。俺がぶち殺さなきゃこの怒りが収まらねえ！』

靄の怪物は、溜め息をつきながらも一歩下がる。

今の酒呑童子を止められる者などこの場に存在しないと確信しているからだ。それは酒呑童子の力を認めているが故の、ある種の信頼であった。

（まずはその腕を引きちぎり、骨を一本ずつ折って……ん？）

隼人の姿を睥睨《へいげい》しながらどう嬲《なぶ》り殺すかを想像し、さらに一歩を踏み出したところで、一時も目を離さずにいたはずの隼人の姿が消えていることに気づく。

（いったいど――）

思考できたのはそこまでだった。

カチンッ
酒呑童子の背後で刀が鞘に納まる音が響く。

隼人は後方の鬼に目を向けることもせず、音もなく歩き始める。

『ん？　どうしたのじゃ酒呑――ッ⁉』

靄の怪物は目を見開き息を呑む。

酒呑童子が背後を取られたのには驚いたが、どうせ甚振《いたぶ》るためにあえて加減しようとしているのだと考えていた。

しかし結果は、
隼人の背後で酒呑童子の首がずれる。

次いで思い出したかのように腕が、足がずれ、最後に体が縦《たて》に二分された。

（ありえん⁉　その動きも、抜く手すらまったく見えぬなど！）

機械の怪物が砂鉄で龍を造り出し、隼人へと突撃させる。

隼人が軽く鞘に触れるとともに龍が縦に両断される。

しかし、砂鉄で構成された龍を両断したところでさして意味はない。

瞬《また》く間に再生され隼人に躍り掛かる。

隼人に動揺は見られない。

怒りもなく焦りもなく、ただただ無表情に迫り来る龍を見つめ、

「紫電一閃《しでんいっせん》」

感情のない声で静かに呟く。

龍が縦に両断される。それは先程とまったく変わらない、しかし次の瞬間、龍の体を紫電が駆け巡る。一瞬にして紫電は砂鉄全体を呑み込むと一粒も残さずに消滅させた。

動きを途切れさせることなく隼人が上体を倒し、構えを取る。

「彼岸花《ひがんばな》」

落雷かと聞き違える轟音を響かせ、ローブの怪物目掛け一直線に距離を詰める。

音を置き去りにし、通過した地面は焦土《しょうど》と化す。

——不可視の斬撃でも確率を変えれるか？

『……零《ゼロ》』

己に迫る斬撃に対し、触れるという確率を極限まで低下させようと能力を使うも、一向に数値が変動することはなく、怪物は諦めにも似た声を残し体を切り裂かれた。

赤い花が咲くように鮮血が飛び散る。

確実に殺したことを横目で確認し、なお隼人は止まらない。

着地と同時に体に紫電を纏い、さらに加速する。

敵に反応すら許さぬ速度で靄の怪物のもとへと現れると、刀を鞘から抜き放つ。

「八岐大蛇《やまたのおろち》」

（その姿が摑み取れないのなら空間全てを斬ってしまえばいい）

一呼吸の間に八の剣尖《けんせん》が霧に迫る。

「ッ⁉」

怪物が僅かに反応できたのはたったの一本。

短刀で防ごうとするも、拮抗《きっこう》することなく短刀は両断される。

刃が舞う光景を最後に霧の怪物は体が八つにばらける。

着地と同時に刀を鞘に納めた隼人は最後に残った機械の怪物に目を向ける。

機械の怪物は超電磁砲を放つ準備を整えた状態で施設に銃口を向けている。おそらく隼人の速度に対応できないと判断したのだろう。超電磁砲が直撃すれば施設は結界もろとも貫かれ、あの場にいる全員が焼け死ぬ。

『超電磁砲《レールガン》！』

そして再度放たれる極光の一撃。

隼人は目にも止まらぬ速さで施設の前に移動し、流れるように刀を構える。

到達まで一五〇メートル。

刀に全意識を集中させる。

それに呼応するかのように雷撃が苛烈《かれつ》さを増しながら辺りに降り注ぐ。

一〇〇メートル。

鞘から僅かに刀身を現す。

刀──その銘《めい》、千鳥《ちどり》は快哉《かいさい》を叫ぶかのようにその光を強く、眩《まばゆ》く増幅させ、今か今かと抜刀の瞬間を待ちわびる。

五〇、三〇……そして一〇。

隼人は神の領域に到達した絶技でもって刀を抜き──その名を紡ぐ。

「雷切《らいきり》」

紫電を伴い放たれたその一刀は怪物諸共《もろとも》に超電磁砲の弾丸を両断し、残滓《ざんし》が怪物の後方を駆け抜ける。

カチンッと隼人が納刀したのと同時に、目の前に映る景色全てが横一文字《よこいちもんじ》にズレた。

◇

腕時計を確認し、そろそろ任務が終わる時間だろうかと、その成否に思いを馳せる。

「柳は大丈夫だろうか」

彼の力を信じているとはいえ、やはり一人で任務に就《つ》かせるのは無理があったのではないかとここに至って思ってしまう。

「ま、今さらだな」

既に賽《さい》は投げられた。ただ彼の無事を祈るだけだ。

現在、俺はある施設に侵入している。

今回の任務で柳には表から、そして俺は裏から敵を潰していた。

漁《あさ》れば漁るほど敵が出るわ出るわ。かなりきつかったがそれも終わり、この施設にいるのが最後の敵となる。

「にしても暗いな」

廊下を歩いていても電灯の一つもついていない。

不気味なほどに薄暗く、そして寒い。

「この感覚は前回訪れた迷宮に似ているな」

もしかしてあの迷宮も、この施設の主《あるじ》の仕業《しわざ》か？

ますます問い詰めなければいけないことが増えていくな。

侵入して十分が過ぎた頃。

警戒していたが、特に何かのトラップがあるわけでもなく、施設の最奥《さいおう》に到達する。

「……ざる過ぎる。罠《わな》か？」

警戒を高めながらも最奥に聳《そび》え立つドアを障壁で破壊し、中へと足を踏み入れる。

「おやおや、どなたかと思えば特殊対策部隊の金剛じゃないか」

部屋を見回すと、至る所に不可思議な機械と、怪物が浸《つ》かっている大きな水槽が目に入る。緑色の液体に浮いている数十もの怪物は見ているだけで気分が悪くなる。

そして部屋の中央、そこには丸眼鏡をかけた白衣の男が気味の悪い笑みを浮かべながら俺を見ていた。

「まさか被験体が自分から、のこのこ足を運んでくれるとは、新しいモルモットが手に入って私は感激ですよ！」

モルモット……モルモットか。

それはそうと、ビンゴだったな。男の顔を見て確信する。

「一体どこから高宮瑠璃の情報が漏れたのか疑問だったが、これで決まりだな。なあ？　二年前まで高宮家の専属研究員だった西田久哉《にしだひさや》研究員」

「ほう、私のことを知っていますか」

情報漏洩《ろうえい》に関して高宮家を調べているうちに、一つ気にかかったことがあったのだ。

二年前、高宮家では研究棟で、ある事故が起きたというものだ。

その事故で西田久哉は死亡し、既にこの世にはいないとされていた。

しかし……。

「本当に疲れたよ。裏切り者を一から探すのが、ここまでしんどいとは思わなかった。だが、その甲斐はあったようだ。知り合いの能力者に頼んであんたの死体を確認した結果、別人であることがわかった」

この事故での不可解な点は、ある機材が消失したことだ。

消失した装置は主《おも》に多重能力者の研究で使われるものだったのだ。

数年前の多重能力者の実験が失敗し、あらゆる機関が手を引いた後、使われなくなった装置は当然倉庫で眠ることになる。

ただ、そんな中、一人の研究員が狂ったように多重能力についての研究を続けていたらしい。

それが西田久哉だ。

そこで勘が働いた俺は知り合いに頼み、西田の死体を調べたわけだ。

結果、その遺体は別人で、西田は今も生きている可能性があるという驚くべきものだった。

「ふふふ、高宮家は私にとって非常に窮屈な場所だったのですよ。ただ設備は非常に良かったので数年お世話になりましたが、限界が訪れまして」

西田は手を震えさせながら、歓喜に満ちた表情で語りだす。

「ああ！　あなたは人間の悲鳴を聞いたことがありますか？　絶望の表情で叫び続ける人間の何と滑稽《こっけい》なことか！　今では人であろうが何であろうが解剖し、隅々まで調べ尽くし、我が夢である最強の生命体を作る糧《かて》として自由に弄《いじ》れるのですよ！」

「そんなことが許されると思っているのかっ！」

人を何だと思ってやがる！

誰も貴様のおもちゃにされるために生まれてきたわけじゃないんだぞ。

「あのお嬢様の周囲は警固が堅すぎて手が出せないでいましたが、今はSランクの怪物の力がある。手に入れ次第、存分に調べさせていただきましょう！」

「あんたを捕まえ、情報を聞き出すつもりだったが、気が変わった……ここで殺す」

会って理解した。こういう輩《やから》は生かしていても何の益にもならない。

事情を聴こうにも、のらりくらりとはぐらかすのだろう。

「私を殺す？　本気で言っているのなら失笑を禁じえませんねぇ～」

気味の悪い笑みを浮かべ、首を左右に振る西田。

やはり備えはあるということか。

牙城《がじょう》か吉良坂《きらさか》、どちらか一方でも連れてくるべきだったか。

「如何《いか》に世界ランク十五位の化け物級の力を持つあなたでも、こいつらには決して敵《かな》うことはありえない。せいぜい体が原型を留めるように足掻《あが》いてください」

西田は手を大きく開くと高らかに叫ぶ。

「さあ、来なさい！　アルファ！　ベータ！」

（何が来る！）

俺は身構え、いつどこからでも敵に対処できるよう神経を尖《とが》らせる。

そして三秒、五秒……八秒の時が過ぎ。

「な、何故だ！　どうして来ない！　まさか転移できなくなったのか⁉」

西田が慌てたように騒ぎだし、室内のモニターへと駆け寄る。

（イレギュラーか？　それに切り札は転移しないと来られない場所にいるということか？　まさか……）

「あんたが呼ぼうとした奴らは、もしかして今、高宮瑠奈を誘拐しようと施設を襲っているんじゃないか？」

「それがどうしたのです！　今頃高宮家の連中は護衛ともども皆殺しにされて――」

「そうか。ふふ、そうかそうか、ははは！」

「な、なんだ……」

思わず笑ってしまった。

だってそうだろ？

あそこには菊理《くくり》の予言さえ打ち破ったうち期待のエースがいるんだぞ。

つまりこいつが自信高らかに名を叫んだ奴らは既に……

「何が可笑《おか》しい！」

俺の笑いが気に入らないのか西田は顔を赤くしながら激昂し、高速でボードを操作する。

「ははは！　見ろ！　これが貴様らの……は？」

モニターに映る景色を見て、西田が声を失う。

そこに映るのは無残に惨殺された四体の怪物と、ただ一人戦場にて立つ柳の姿だった。周囲の建物は全て瓦礫の山に変貌し、地面は一部が焦土と化している。いったい何が起こればこんな有様になるのか……

「あ、あり得ない。酒呑童子とぬらりひょん、それに私の最高傑作であるアルファとベータもいるんだぞ！　【確率変動】が破られるわけがない！」

西田は〝認められない！〟と〝あり得ない！〟を唾《つば》を飛ばしながら交互に叫び続け――ふと、画面に映る柳と目が合った。

「ッ⁉」

声にならない悲鳴を上げた後、瞬《まばた》きする間にモニターの画面が両断された。

「ひぃ⁉」

西田はあまりの恐怖に尻餅《しりもち》をつき、ズボンを濡らす。

歯をカタカタと鳴らし、顔面蒼白な状態だ。

（本当に頼りになる奴だ。まさかあんな隠し玉まであるとは）

後で大変なことになりそうだが、可能な範囲で俺も手を貸そう。

その前に……

「それで、まだ手はあるのか？」

「あ……」

俺は冷酷な殺意を瞳に宿し、床にへたり込む西田に近づく。

襟《えり》を左手で摑むと宙に持ち上げる。

「や、やめ……！」

「お前に命乞いをする資格はない」

宙に浮く西田を障壁《しょうへき》で左右から挟むと【分解】を付与する。

「ぎゃぁあああああ‼」

響き渡る絶叫。

体が徐々に分解されているのだ、その激痛は想像を絶するものだろう。

数十分もの間絶叫が続き、徐々に声が弱くなり体の部位がところどころ消えた哀れな状態でついに西田は事切れた。

俺は施設の外に出ると、建物の頭上に巨大な障壁を展開し上から圧し潰す。

多重能力者に関する資料は全て抹消《まっしょう》する。

「もう、あんな悲劇は起こさせない……」

彼女のような犠牲者を出さないように……彼女の死を無駄にしないために。

◇

少し気分転換に外を出歩いてみる。

今頃お兄ちゃんは任務で頑張っている頃だろうか。以前のような死んだ魚みたいな目をしなくなったのは大変喜ばしいことだ。ただ、

「お兄ちゃん早く帰ってこないかな～」

つまらない。

転校したことで今までの人間関係がリセットされ、新しい学校では仲の良い友達もできた。お兄ちゃんも元気そうで私としては嬉しい限りなのだけれど、仕事が忙しいのか、お兄ちゃんと会えない日が出てきた。

私より任務を優先するのは当然のことといえば当然のことなのだけれど、どうにもムカムカしてくる。

私は大海のように広い心を持っているから、断じてこれは独占欲ではない。

「はあ～」

溜め息をつく私に何人かが視線をよこし、大学生らしき男子などは二度見した挙げ句、呆けたような表情になる。お兄ちゃんはいつも平然としているけれど、これが私に向けられる一般男子の反応だ。もしかしたらお兄ちゃんは男の人が好きなのかもしれない。帰ってきたらちょっと問い詰めてみよう。

（一人の時にこういう目で見られるの苦手なんだよなあ）

お兄ちゃんと一緒にいるなら逆に自慢して煽《あお》ることもできるのだが。

ちょっと怖いなあ。さすがにこんないたいけな中学生には手を出さないとは思うけど……間違って能力発動させちゃったらどうしよう。

ああ、ちなみに私は今近くの公園でブランコを漕《こ》いでいます。

え？　何でそんなことしてるのかって？

だって家にいたってお兄ちゃんの部屋でゲームするぐらいしかやることないし暇《ひま》なんだもん。

皆はどうか知らないけど、私は休日には他人と会わずに一人で気ままに過ごしたい派なのです。

「お兄ちゃん大丈夫かなあ」

なんだか重要な任務っぽい感じで朝出ていったのを思い出す。お兄ちゃんは絶対に負けないけど、怪我をしないわけじゃないからなあ。

……ああ、容易に思い浮かぶ。

体に大怪我を負いながらも慣れない笑みを浮かべながら、必死に誰かを守ろうとする姿が。

家族が一番大事なんて言っておきながら目に入った人は助けようと結局動いちゃう人だから。

「あっ、そうだ！」

今回大怪我したら、ちょっと仕事を休んでもらおう。

そしたらお兄ちゃんといっぱい遊べゴホンゴホン……お兄ちゃんのコンディションも整えら

れるだろう。断じて私が寂しいなんてことはないのだ！

「にゃ～」

「あれ？　猫ちゃん？」

ニヤニヤしながらこれからの計画を考えていると、いつの間にやら足元に黒猫がいて私にすり寄って甘えてきていた。

「わぁ！　可愛い！」

野良猫は抱かない方がいいかもだけど、可愛さのあまり猫の体を優しく抱え上げて喉元《のどもと》をごろごろする。

月のように輝く金色の瞳を持っていて、思わず見とれそうになった。

「んにゃ～」

「えへへ、ここが気持ちいいのかな～」

こんな場面をお兄ちゃんに見られたら、嫉妬で殺されるかもしれない。

いつも動物と触れ合いたくて仕方ないって顔をしてたからなあ。

「この子、家に連れて帰っちゃダメかな？」

特にペット禁止なんて言われてないし、大丈夫だよね。可愛い動物に激甘なお兄ちゃんのことだ、猫のお世話さえちゃんとやればなんとも言われないだろう。

「にゃあ！」

「あ、待って！」

突然黒猫が私の腕をすり抜けて走り始める。

「危ないよ！」

止めようと声をかけるが、まったく止まる様子がない。

事故に遭《あ》ったら大変だと追いかけ続け、しまいには真っ暗な路地裏まで来てしまった。どれだけ体力余ってるんだよ……

「捕まえた！　もう、危ないでしょ！」

「ふう！　ふう！」

「どうしたの？」

ようやく捕まえたが、どこか様子がおかしい。

耳をピンと立て、威嚇《いかく》をするような声を出している。

そして一心不乱に路地裏の奥を見ているのだ。

「いったい何を見て――」

目を向けると、そこには不自然な罅《ひび》の走る空間があった。

それは誰もが知る怪物が出現する前兆。

罅は徐々に大きくなり、中から一体の怪物が現れる。

怪物には三つの首があった。

形は犬に似ているが、その大きさは戦車ほどで、犬とは比べものにならない。

口から見える巨大な犬歯は私の腕よりさらに太く、それでいて凶悪な鋭さを併《あわ》せ持つ。

赤い眼光は今にでも私を噛み殺そうという殺意が溢れ出し、常人であれば失神してしまうところだっただろう。

「……」

しかし、私の抱く感情は恐怖ではなかった。

ただただ純粋な――悲しみだ。

どうして、よりにもよって私の目の前に現れてしまったのかという。

「猫ちゃん……少しごめんね。見てほしくないから……」

猫の目を右手で覆う。

私は立ち上がると一歩ずつ怪物へと足を進める。

「ごめんね……あなたは死ぬために生まれたわけじゃないのに」

怪物は私を警戒しているのか、その場を動かない。

コツンコツンと歩き続け、私は怪物に触れられる距離まで近づいたところでようやく止まる。

「あなたに知能はある？　私の言葉がわかる？　わかるなら、お願い。帰って……」

もしかしたらこの怪物は人間の言葉がわかるかもしれない。それならばわざわざ戦う必要はなくなる。お互いのためにした提案だったが、眼前の怪物はうなり声を上げながらその巨大な体を大きく躍動させた。

『グラアアア!』

怪物の顔の一つが口を開け、私を殺そうと迫る。

言葉が届かなかったのか、理解した上で私を殺そうとしているのかはわからない。ただ、私の言葉を受け入れないことだけは確定した。

だから私は、許しを請《こ》う。

「……ごめんね」

そして、

——怪物の首が消えた。

『『ギャァアアアアア!』』

怪物の絶叫が響き渡る。消えた首の断面からは血が溢れ出し、雨のように周囲に降り注ぐ。

私の服は怪物の血によって赤く染まり、髪が濡れて垂れ下がる。

怪物の瞳には先程以上の殺意とともに僅かに恐怖の感情が見て取れた。わけもわからず己の首の一つが消えたのだ、理解できないものを相手にする以上の恐怖はないだろう。

「せめて痛くないようにすぐ終わらせるから……いただきます」

私はこの力が嫌いだ。

他人の力をものともせずに、全てを否定するように易々《やすやす》と喰らい尽くすこの力が。

…………

私は猫を抱いたまま家に帰る。

血で濡れた服や髪は時間が巻き戻ったかのように元に戻っている。

「……行こっか」

「にゃ～」

私を慰《なぐさ》めているのか、顔をぺろぺろと舐めてくる。

「ふふ、可愛いね。ありがとう」

怪物がいた路地裏は、血肉が飛び散り、壁は赤く染まって地面には血溜まりができていた。

◇

「ただいま～」

ようやく家に着くと疲れた声で挨拶《あいさつ》をする。まあ、誰もいないんだけど。

『お帰りなさい』

「え？」

あるはずのない返事に驚き、私は急いでリビングに向かう。

「ふふ、帰ってきたわよ」

「助けてくれー！」

そこにはソファでコーヒーを飲みながら微笑むお母さんと、縄で縛られお母さんに踏まれているお父さんの姿があった。

◇

高宮家施設前。

「「「「おぉおおおおお‼」」」」

四体の恐るべき怪物が地に倒れ、俺の勝利に歓声が響き渡る。

Sランク級の怪物が四体という絶望的状況をたった一人で覆《くつがえ》したのだ。

英雄の姿を間近で見た彼らの興奮は収まることを知らず、ある者は涙を流しながら抱き合い、ある者は雄叫《おたけ》びを上げた。

（……いや、助けてほしいんですけど）

そして俺はそんな彼らをジト目で見ていた。

喜び合う前に、少し手を貸して助けてほしかった。

「う、動けねえ」

能力を解いたのはいいが、反動が凄《すさ》まじい。

全身が痺《しび》れ、少し動かすだけでも一苦労だ。

「まさか武甕槌《タケミカヅチ》を出す羽目になるとは……俺もまだまだだな」

心のどこかで慢心があったのかもしれない。

情けない。Sランク級とはいえ、別に上位でもない連中にこれほどの重傷を負わされるなど、母さんに知られたらお怒りモード突入待ったなしだ。

「かはッ！」

喉からせり上がってきた血を口から吐き出す。

内臓もかなりズタズタにされているようだ。逆に未《いま》だ意識があるのが謎で、正直意識を切り離せた方が幾分か楽だった。

とりあえず西連寺さんに連絡して桐坂《きりさか》先輩を連れてきてもらおう。

あっでも。西連寺さんは今任務中だったはず。連絡したらマズイだろうか。

「いや、そんなこと言ってる場合じゃねえわ。スマホスマホと」

ポケットを探りスマホを取り出す。

「……オーマイガー」

俺のスマホは見るも無惨に粉砕されていた。

手の震えが止まらない。

重要なのはスマホの中身だ。この中には、この中には、人生初の女子（服部《はっとり》さん）から貰《もら》ったメアドが入って……

「くそがぁあああ！　がはぁあああッ！」

怒りのあまり叫ぶと、体中の傷口から血が噴き出す。

「柳さん⁉」

井貝さんが声を上げながら俺のもとへと駆け寄ってくる。

彼の後ろには何故か護衛の方々とお嬢様方までついてきているのが見えた。

いや、なんでだよ。

まだ敵がいる可能性があるんだから、お嬢様たちには施設の中に留まってほしいのですが。

ああ、でも天使を見ると少し痛みが和《やわ》らいできたかもしれない。一応本当の天の使いではないかを背中に羽が生えてないか見て確認する。よかった、まだお迎えは来てないようだ。

「大丈夫ですか柳さん！」

井貝さんが俺の体を支え、瑠奈様が泣きそうな顔で手を握ってくる。瑠奈様を抱きしめている春香様も俺の怪我に顔を青くしながら手で口を押さえている。

それにしても何で井貝さんは俺の名前を？　ああ、そういえば戦闘を始める前に自分で名乗っていたか。

「おにいぢゃんじなないで！」

「……大丈夫ですよ。俺は不死身ですからね」

あ〜あ、泣かせちまったよ。

大粒の涙がぽろぽろと溢れ出し、俺の手を濡らす。

護衛対象の笑顔一つ守れないとは……これは護衛失格だな。

彼女の涙は俺の判断の甘かったが故の結果だ。少し離れても大丈夫だろうという慢心、多少の怪我を負っても構わないと判断した結果だ。

だが、もう覚えた。

次はない。敵も、そして俺もだ。

少しの希望も与えず敵を殲滅《せんめつ》し、俺は無傷で生還しよう。

その前に怪我を治さないと死ぬけど。

「井貝さん、スマホ借りてもいいですか？」

「スマホですか？　救急車になら既に呼びました。あと少しで到着すると思われるのですが」

「救急車は他に怪我をしている方々を頼みましょう。見たところ重傷者はいないようですし。俺はちょっと内臓がやられてるようなので、仲間に回復を頼みたいのですよ」

そういうことなら、と貸してもらったスマホで、まず西連寺さんに電話をかける。

え？　何で番号知ってるのかって？　入隊時に特殊対策部隊全員の連絡先を教えられたからだ。決して俺が土下座して聞き出したなんて事実はないから誤解しないでくれ。

『はいは〜い、どちら様ですか？』

「先輩、俺です。柳です」

『柳君？　スマホ壊れたの？』

「はい、戦闘のとばっちりで。それよりもちょっと怪我しちゃいまして、申し訳ないのですが桐坂先輩を連れてきていただければありがたいのですが。今忙しかったりしますか？」

『いんや全然オッケ～、ふざけた任務でキレそうだったよ。後で愚痴でも聞いてもらおっかな～ていうか、今萌香《もえか》っちとお買い物してるから座標教えてくれたらすぐ行けるよ～』

「それは良かった。では座標を伝えますね」

通話を切って数秒後。

「ほいっと、到着～」

「もう、後輩は仕方ないのです。また怪我をして――」

どや顔で登場しようとしていた桐坂先輩と西連寺さんの表情が固まる。

彼女たちの目に映るのは瓦礫と化した町と惨殺されている四体の魔物だ。いったい何が起こったのか、隕石でも降ってきたのかと見間違うほど悲惨な状況に混乱し、目を何度もパチパチと瞬《まばた》きする。最後に俺に顔を移し、

「「きゃぁあああ‼」」

半スプラッタ状態の俺に叫び声を上げる。

傍《はた》から見ても叫ぶぐらいヤバい状態なのかよ、よく死んでねえな。

「何で後輩は死にそうになっているのですか⁉」

すぐさま桐坂先輩が駆け寄り治癒《ちゆ》能力を発動する。

「Sランク級の怪物が出まして、何とか勝ちましたがギリギリでしたよ」

「Sランク⁉」

「ヤバいじゃん⁉　どれどれ！」

周囲に生きた怪物がいないことを確認すると、二人は惨殺された四体の怪物に目を向け、どの死体がSランクの怪物であるのかを問いかける。

「おそらく全部です」

「「……」」

俺の回答に脳の処理が追いつかないのか、二人はピタリと停止して再度怪物に目を移し、指を折って数を数える。

「な、なるほど。死体が四体あるように見えるけど、もともとは一体の怪物だってことだね」

「いえ、四体で合ってますね」

「わかったのです！　後輩はSランクと勘違いしてるだけで本当はAランクの怪物だったのですよ！」

「絶対正解なのです！」

と自信満々に言い切った桐坂先輩は〝そうなのですよね？〟と周囲の人たちに視線を投げか

ける。当然、皆はAランクでないことに戦闘を通して気づいているので、全員が苦笑いを浮かべている。

二人は周囲の表情で俺の言葉が真実であることに気づいたのだろう。

表情を疑惑から驚愕に変え、唖然とした様子で俺を見つめる。

「ごめん……とんでもないことってのはわかるんだけど、非現実的過ぎて思考が追いつかないんだけど」

「後輩ってとんでもなく強かったのですね！」

西連寺さんは戦闘任務にも参加するため、事の異様さがよくわかっているが、桐坂先輩はちょっと微妙だな。

まあ、二人が驚くのも無理はない。

ここ最近、木の怪物を除けばSランク級の怪物は何十年とその姿を見せていないのだ。それが突然、しかも四体が徒党を組んで襲ってきたなどと誰が信じるだろうか。それも、結果はたった一人の能力者に捻《ね》じ伏せられるというあり得ないものだ。

（一生分の働きをしたな）

こんな話、俺も人から聞いただけでは絶対に信じないだろう。

Sランク級の怪物がどれだけの力を持っているかを知っているが故に。今回勝てたのは俺というイレギュラーがいたからだ。逆に言えば何かしらのイレギュラーがなければ確実に蹂躪《じゅうりん》されていただろう。高宮家の当主は金剛さんに最大限の感謝をするべきだな。あの人に言われなかったら俺が任務に参加していなかった可能性もあるからな。

「ああ、疲れた～」

「ちょっと後輩！　動いたらダメなのです！」

ぺしん！　と可愛らしい手が俺を叩く。

いや、先輩。今ので傷が開いたんですけど……

今回の成果を考慮して数週間、いや一カ月は休みが欲しいな。

学生はそろそろ夏休みの時期だろう。俺も頼んでみようかな。旅行とかもいいかもしれない。

そして今度こそは絶対にお参りに行こう。五千円ぐらい納めれば神様も厄を祓《はら》ってくださるかもしれない。

「おーい！」

遠方から数十人の人影が見える。

おそらく井貝さんの言っていた援軍の人たちだろう。

俺の仕事もここまでだな。

「先輩、後は頼みますね」

「うん？　どうしたのですか？」

伝えることだけ伝えて、俺は徐々に意識を手放していく。

血が足りねえ。

「柳君⁉」

「後輩⁉」

「おい！」

先輩方と周囲の人々の心配の声を最後に、俺は意識を完全に手放した。

今度こそ天使みたいなナースに会えたらいいな、なんて考えながら……

これで気絶するの何回目だよ。

いつもと違う一日

——EX EPISODE——


日曜日、翌日に怯《おび》える恐ろしい曜日だ。

特に夕食時、某国民的アニメのエンディングテーマを耳にしながら、憂鬱《ゆううつ》な気分になった人々がどれほどいたことだろう。

そんな俗世から少し解放された吾輩《わがはい》は、リビングのソファで寛《くつろ》ぎながらコーヒータイムを満喫している。ただ、スマホから怪物の出現情報が流れてきた際には、命をかけて出撃しなくてはならないため、リラックス具合もほとんどプラスマイナスゼロだろう。

電源を落としてやろうかとボタンを指で押そうとしていると、背後から重たいものが圧《の》し掛かってくる。

「お兄ちゃん、なぁにしてるの？」

「蒼《あお》、少し重くなったか？」

「なに？　舌を引っこ抜かれたいの？　それとも心臓の鼓動を止めてほしいの？」

「成長したってことだよ」

体重については禁句だったらしい。見た目で考えればもう少し体重があってもいいと思うが、お菓子ばかり食べてるから肉がつかないのかもしれない。

「ふ～ん。ま、いいか！　それよかさ、暇《ひま》なら一緒に遊ぼうよ。吾輩は暇を持て余してるのだ」

「遊ぶったってなにするんだ？　家にはあんま面白いものはないぞ」

「外に出ればいいじゃん。引っ越したばかりだし、地理を把握するのにもありだと思うけど」

「う～ん」

今はあまり外に出たい気分じゃない。このまま猫のように昼寝したいぐらいだ。

しかし、サリーに会いに行くという選択肢もなしではない。あのもふもふに触れれば日頃の疲れも存分に癒《いや》されることだろう。蒼も満足するに違いない。

――ピンポーン
ふいにチャイムが鳴った。

もたれかかってくる蒼を背負いながら玄関に向かい、扉を開く。

「ふっははははは！　目はしっかりと覚めてるですか後輩！　今日は萌香《もえか》たちと一緒に遊ぶのです！」

「おはようございます」

外には悪役のような笑い声を上げる桐坂《きりさか》先輩と、その後ろで冷静な表情で淡々と挨拶《あいさつ》する菊理《くくり》先輩の姿があった。二人とも小学生らしい可愛らしい服を着ている。

どうやら俺を遊びに誘いに来てくれたらしい。初めての後輩だからか先輩風を吹かせたいのかもしれない。

「あっ！　あの時の可愛い子だ！」

「うぇっ⁉」

俺の背中に張りついていたロリコンが飛び出し、桐坂先輩に抱き着く。

悲鳴を上げる先輩をよそに、菊理先輩が蒼に意識されないように、ゆっくりとこちらに寄ってくる。

「えっと、うちの妹がすいません」

「い、いえ。それよりも、先程萌香ちゃんも言いましたが、時間がありましたら一緒に遊びませんか？」

「はい。俺もちょうど暇していたので是非」

「はいは〜い！　私も遊びたい！」

蒼が笑顔で手を挙げて言う。その腕の中では桐坂先輩がぐったりしている。しかし、突然桐坂先輩が笑いだしたかと思えば、バッと蒼の腕の中から抜け出し、決め顔でビシッと人差し指を蒼に向けた。

「ふっふっふ……いつぞやとたった今好き放題してくれた恨み、ここで晴らしてやるのです！」

「えっと、遊んでいいってことかな？」

「ええ、いいですとも。そのにやけ面《づら》がいつまで続くか楽しみなのです！」

「わ～い、ありがとう！」

「だから抱き着いてくるのではないですっ！」

ああ、先輩が蒼のおもちゃにされてしまう未来しか見えない。

どんな遊びをするかはわからないが、ここは後輩として先輩方を全力で守らなければ。

「ふぅ、まったく。では三人とも、萌香についてくるのです！」

気分良さげに鼻歌まじりに行進する桐坂先輩の後ろをついていく。

先輩もこのマンションに住んでいるとのことなので、すぐに先輩の部屋に到着した。

「では、入るがいいのです！」

「お邪魔します」

ご両親は仕事に出ているそうで、夕方までは家に誰もいないらしい。

忙しいにもかかわらず毎日先輩とふれあう時間はしっかりと取っているようで、廊下に掛けられている写真を見れば、満面の笑みを浮かべている先輩の写真が至る所にあった。

「きゃわいい～！　萌香ちゃん、後で私とも写真とろっか！」

「気安く名前で呼ぶんじゃ……って、頬ずりするな！　それと恥ずかしいから写真も見るんじゃないのです！」

本当に二人は元気だな。一方的に蒼がちょっかいをかけてるだけかもしれないが。

菊理先輩の落ち着きを少しは見習ってほしいものだ。

と、思ったが、菊理先輩は妙にそわそわしながら、騒ぎ合う二人を見ているようだった。

「菊理先輩？」

「な、なんですか？」

「いえ、なんだか落ち着かない様子に見えたので」

「……すいません。歳の近い方と接するのは萌香ちゃん以外ではまったくなかったので、少し緊張しているのかもしれません」

頬を若干《じゃっかん》赤く染めつつ告白する先輩。

どこまでも冷静な印象があったが、別にそういうわけでもないらしい。

「ぐはっ！」

「そうだったんだね。でも、緊張しなくても大丈夫だよ」

「へ、え？」

トラックでもぶつかったかと思う衝撃を背に受けて沈む俺を押しのけ、菊理先輩の手を優しく掴む愚妹。先輩は小声で話していたというのに、なんという地獄耳だ。

「下のお名前を聞いてもいいかな？」

「は、花《はな》です」

「とっても可愛らしいお名前だね。私の名前は蒼っていうの。これから仲良くしてくれると嬉しいな！」

「おかしいのです。萌香の時と対応がまったく違うのです！」

「あ〜ん！　寂しがらないで萌香ちゃ〜ん！」

「ぎゃぁあああ‼」

奴の抱擁はドレイン効果でもあるのか、なんだか桐坂先輩がしおしおになってきているように見えるのは気のせいだろうか。

蒼をしがみつかせながら先輩が案内してくれたのは、可愛らしい自室であった。

クマのぬいぐるみなどが置かれており、俺が想像していた通りの部屋だ。

先輩が早速棚から手に取ったのは乱闘系のゲームである。

「これで対戦するのです！」

「ゲームですか」

「ええ、でも、ただの対戦ではないのです」

さらに棚の中をガサゴソと探り、四枚のボードも取り出す。

そこにはなにやら文字が記されている。

「対戦の成績によって、順にこの中のボードから役柄を選ぶのです！」

「役柄を選んだらどうするんですか？」

「もちろん、その役を演じなければならないのです！　ふっふ、せいぜい最下位にならないよう頑張るがいいのです」

もう一度ボードの文字に目を移す。

父、母、娘にペット。はずれは明らかにペットだな。

ただ、俺がペットにならなかった場合を考えてみたらどうだ？　小学生や中学生の少女がペットの役になってしまうわけだ。どう考えても問題だろう。

（しゃあない）

ここはわざと負けてはずれ役を引き受けよう。

「わかりました。それじゃやりますか」

各自、モニターの前に並んで座る。

俺が一番左で、その隣を菊理先輩、一番右端を桐坂先輩、そして俺の膝《ひざ》の上に蒼だ。

「いや、お前はなんで俺の膝の上に座ってんだよ」

「なにか？」

さも当然だと言わんばかりの表情に俺は言葉を失う。

「……もういいや」

ツッコむのも疲れてきた。こいつは好きにさせておこう。

キャラの選択画面に移り、各々《おのおの》好きなキャラを選択していく。

桐坂先輩はすぐに選んだことからおそらく持ちキャラ、菊理先輩は首を傾《かし》げながら選び、蒼はなんだか強そうだからとゴリラに似たキャラを、俺は操作しやすそうな小さなキャラを選択した。

ゲームの開始の合図とともに、それぞれがコントローラーを動かす。

「うりゃぁあああ‼」

凄《すさ》まじい気迫を見せながら高速でキャラを動かす桐坂先輩だが、大振りの攻撃を連発しているせいで残念ながら攻撃はまったく当たっていない。

菊理先輩はこういうゲームは慣れていないのか、おぼつかない様子で首を傾げながらコントローラーのボタンを押している。

カタカタカタカタッ

そして柳《やなぎ》家兄妹。

瞬時にキャラの性能を理解し、死闘を繰り広げている。

(こいつッ、本気も本気でやってるじゃないか！)

先輩方に勝たせるために、少々蒼のキャラを削っておこうかと思ったのだが、どうやら本気で勝ちに来ているようで修得した嵌《は》め技をなんの手加減もなく使用してくる。

「ふはははっ！　私が最強じゃぁあ！」

初回から白熱した戦いの結果、一位桐坂先輩、二位蒼、三位菊理先輩で最下位が俺となった。

なんとか想定内の結果に収められてよかった。

一位の桐坂先輩はどや顔を盛大に振り撒《ま》いている。

「ぬわっはっは！　萌香に勝てる者など誰もいないのです！　そして一位特権で、萌香は父役を所望《しょもう》するのです！」

「じゃあ私はお母さん役かな」

「では、娘役を」

あまりものはやはりペット。

まあ、犬の鳴き声でも真似ていればいいだろう。

「自分の役のボードを受け取るのです」

ペットと記されたボードを渡され、それをよくよく見れば、役柄が書かれている箇所の下部分に空白があり、その上に紙が貼られているのがわかった。

「で、では、貼られている紙をめくるのです！」

え、なんだ？

戸惑《とまど》いながらも俺はその紙をめくってみる。

『ペットの種類はペリカン。得意技は翼を大きく広げたペリカンポーズ。元気に鳴き声を上げながらポーズを取ってみよう！』

「ううん？」

なにやらおかしなキャラ設定のようなものが書かれていた。

もしかして、役柄それぞれにこんな設定が決まっていて、それに沿って役を演じなければならないとでもいうのだろうか。

ちらりと桐坂先輩に視線を向ければ、頭を抱《かか》えて『はずれなのですっ⁉』と叫んでいる姿が。やはり予想通りのようだ。

……ペリカン。ペリカンか～、どんな鳴き声なのかもわからないんだが。クエーとか言っとけばいいのだろうか。後はよくわからないペリカンポーズ。

「ふ、ふふ。後輩は気づいたようですね。そう、このおままごとには絶対の優位がないデンジャラスゲーム！　内容次第で一位の人が最も不運な役を演じることもあるのです！　さあ、お互いの役の説明を確認し合うのですよ！」

そう言う先輩はどうなのか。とりあえず四人で各々のボードの設定欄を見せ合う。

『優柔不断なお父さん。実は最近、妻以外にも気になる人が！　妻への愛を保ち続けることができるのか！　……お姉さん的にはハーレム展開でもオーケー』

『ちょっとヤンデレ気味なお母さん。柔和《にゆうわ》な笑みの裏には恐ろしい闇が……誰も彼女の行動を止めることはできないよ』

『寡黙《かもく》な娘。あまり喋《しやべ》らないけれど、本当はとっても心の優しい子。クールを装いながらも周囲に優しく接してみよう』

「くっ、こんなお父さん役は嫌だったのです！」

「おぉ、これなら知ってるし、うちのお母さんの真似すればいいかな」

「優しく、とはどうすればいいのでしょうか」

娘役以外にまともな役がないじゃないか。

おままごとといえばもっと和気あいあいとした空気でやるものじゃないのか？　いや、小学生レベルのおままごとはこれが普通なのかもしれない。俺が小学生だった頃はとにかく毎日鍛練に明け暮れていたから、まともな小学生像がわからない。

それと妹よ、滅多《めった》なことを言うものじゃない。

母さんがヤンデレなどと……まあ、否定はできないが。

簡単な小道具もあるようで、ネクタイやらエプロンをつけて役になり切っているお二方。菊理先輩はそのままの恰好だ。

ちなみに俺だが、ペットゾーンを設けられその場で正座をしている。ペリカンなのでもちろん日本語を話すことはできない。気分は寡黙《かもく》な武士だ。

「それじゃあ、萌香が一旦部屋を出てもう一度入ってくるので、そうしたら始まりなのです！」

桐坂先輩が一度部屋を出る。そして二十秒ほどが経過すると、ネクタイを締めて白髭《しろひげ》をたくわえた姿で部屋に入ってきた。母役である蒼がドアに近づいていく。

「ただいま帰ったのじゃ！」

「あら～お帰りなさい、あなた。ご飯にしますか？　お風呂にしますか？　そ・れ・と・も、私にしますか？」

「はっはっは、どれも魅力的なのじゃ。ただ、今日は疲れているから先にご飯をいただくのじゃ」

まるで新婚夫婦コントのようなやり取りだ。

でもうちの親なら今でもこんな感じかもしれない。胸焼けするくらい年中いちゃつき合ってるからな。

おもむろに蒼と目が合う。

「あら？　ペリちゃんいつものご挨拶は？」

(は？)

挨拶？　俺は今何も喋られない状態で……

疑問に眉を寄せていると、ニヤリと蒼の口角が上がった。

「もう～、行ってらっしゃいとお帰りなさいの時はペリちゃんポーズをする決まりでしょう～。忘れちゃったのかな？　可愛いな～」

嗜虐《しぎゃく》の笑みを浮かべながら俺の額《ひたい》をツンツンと指でつつく恐れ知らず。後で倍返しにしてやろう。

しかし、やらないといけないのか。先輩の前でそんな間抜けなポーズを。ここでやらないと場の空気を乱してしまうかもしれない。

（仕方ない、後で癒しのもふもふ動画フルコースだ）

クワッと目を見開き両腕をゆっくり頭上に持っていく。

「キュワァアアアア！」

ペリカンの鳴き声など知らないため、なんとなくで鳴き声を出す。

数秒の静寂が室内を占めたのち、蒼がプッと噴き出す。他の二人も蒼に釣られて肩を震わせているようだ。速攻ふて寝したい気分だ。

「ぷっふふ、よくできまちた～。偉いでちゅね～」

笑うのを堪《こら》えながら俺の頭を撫でる蒼。

家に帰ったらアイアンクローすることが決まった。

「こらこら、ペリちゃんも頑張っておるのじゃ。くふっ、笑うものでは」

あなたも笑ってるんですよ先輩。今度蛙《かえる》をプレゼントしよう。

「……ふふっ」

一度も笑顔を見せたことがない菊理先輩が笑っているのは結構だが、まさかこんな滑稽《こっけい》な恰好による失笑みたいな形になるとは思わなかったよ。

こうして隼人君の心は死に、そんな屍《しかばね》は捨て置かれて話は進んでいく。

桐坂先輩＝父と菊理先輩＝娘がテーブルを挟んで団欒《だんらん》をしており、蒼＝母は台所で夕飯を作っているという場面設定らしい。

「娘よ。学校はどうなのじゃ？」

「楽しいですよ。休み時間は友達と流行《はや》りの話などをして飽きません」

「ふぉっふぉ、それは良かった」

「お父さん、先程からなにをそんなに嬉しそうにスマートフォンを見ているのですか？」

ビクリと桐坂先輩の肩が揺れる。

視線が彷徨《さまよ》い、裏返った声で説明する。

「こ、これは最近有名なゲームをだね……」

とんっと、実際に包丁がまな板に当たる音がしたような気がした。

視線を向ければ蒼の手が止まり、なにやら不穏なオーラを出している。

「あなた？　声に嘘の色が混じってますよ」

なんだジョ〇ョか？　少しオリジナリティを入れてきてるのがムカつくな。

ゆっくりと蒼が振り返り、若干顔を青褪《あおざ》めさせている先輩に笑みを向ける。

「もしかして私の写真を見ていたのかしら？　恥ずかしいわ～」

「あ、ああ！　そうなのじゃ、付き合い始めた頃の……」

「あら？　また嘘の色」

先程の笑みが嘘のように無表情に切り替わり、なにかを手にしているようなポーズで桐坂先輩に近づく蒼。

あの手の形はおそらく包丁を持っている演技だろう。真に迫り過ぎて何やら幻覚が見えてきたが、このまま進めてしまって大丈夫だろうか。

「ひゃっ、あ、あぁ‼」

桐坂先輩の震える手からスマホが零《こぼ》れ落ちる。

ギヌロッと動いた蒼の目がその画面を凝視《ぎょうし》した。

「愛ちゃん？　愛ちゃんとは誰ですか。あなた？」

「ひうっ！」

俺は落ちたスマホの画面に目を移す。

(画面ついてないな)

蒼の演技が凄すぎて思わず確認してしまった。

あいつ、あれでも食っていけるんじゃないか？　まさか根っからのメンヘラだから自然に演技できているなどとは考えたくないが。

「お、お母さん。きっと職場の部下とかだと思いますよ。だからそんなに怒らなくても大丈夫です」

怯《おび》え切っている父を庇《かば》うため、心優しい娘役である菊理先輩が蒼をなだめるように声をかける。ねっ？　と後ろに問いかけ、ぶんぶんと首を縦《たて》に振る桐坂先輩の姿は父親としては大変情けない。

「花ちゃん？　ここでお父さんを庇ってはいけないわ。それは優しさではなく、関係が壊れないようにしているだけ。本当の優しさを欲《ほっ》するなら、ここでお父さんの真実を暴かなければならないのよ？」

「た、確かにそうかもしれません」

おいおい、お父さんの唯一の味方だった娘が一瞬でお母さんに丸め込まれてしまったぞ。蒼のいかにもな発言に納得してしまったようだ。

「さああなた。いつまでも誤魔化していないで答えたらどうですか？」

「お父さん」

完全に袋の鼠《ねずみ》状態だ。

涙目で震える先輩は突破口を探そうとして目をきょろきょろさせると、何故か俺にその視線を固定する。そしてなんと、脱兎《だっと》の如《ごと》く駆け、俺の背中に隠れたではないか。

「ぺ、ペリちゃんにそのかされたのじゃ！　わしは悪くないのじゃ」

なにを言ってるんだこの人は。

ちょっ、離して！　笑みを浮かべた般若《はんにゃ》がこっち来てるから！

いや、でもあいつは嘘の色がわかるとかいう設定だったか。ならばこんな虚言に惑わされるはずもないな。ちょっとビビったぜ。

「嘘の色は、していないみたいですね」

（なんでやねん）

思わず関西弁でツッこんだわ。

もうそれは嘘の色どころか何もわかってないだろ。何をどうしたら言葉も喋れないペットが主人に甘言《かんげん》を吹き込むというのか。俺をエイリアンとかと勘違いしてんじゃないのか！

「そう、そうなのね。元凶はペリちゃんだったのね」

ゆらゆらと体を揺らしながら近づいてくる蒼。

目がまともじゃない。若干血走っていて、今にも切りつけてきそうな感じだ。

「ペ、ペペペッ！」

とにかく自分の無実を身振り手振りで訴えるが、残念ながら俺の主張は伝わらない。くそっ！　ある程度知能のある生物には伝わるんじゃなかったのか！　これじゃ、日本語しか話せない俺は、外国に行っても現地の人とコミュニケーションが取れないじゃないか。こんなところで知りたくなかった事実だ。

「今日の夕飯のメインは……ペリカンのモモ肉よ！」

「ぺぇぇぇぇぇぇぇ‼」

包丁を握った形のまま、蒼の手が俺の胸元に当たる。

俺はゆっくりと前に倒れ、何度か痙攣《けいれん》した後、動かなくなった。

「はい、カットなのです！」

桐坂先輩の元気な声が響く。

満面に笑みを浮かべているところを見るに、大変ご満足いただけたらしい。

「思ったより面白かった！」

「演技お上手ですね」

「えへへ、そうかな～」

「いや、なんだ、この情操教育に悪そうな遊びは」

いったいどこのどいつだ、こんな遊びを考えたのは。のちほど桐坂先輩のご両親に報告する必要があるかもしれないぞ。十歳の少女にはあまりにもディープ過ぎる内容だ。こんなことをやってればろくな大人にならないぞ。

「もう一回やるのです！」

「いや、待ってください！　さすがにこれはやめた方がいいかと。なにか他の遊びをしませんか？　もっと女の子が喜びそうなやつとか」

「ええ、これ以上に面白い遊びなんてないですよ？」

そんなわけあるかい。

先輩が知らないだけでいろいろとあるはずだ。でなければ小学生女子は全員がこの遊びをしていることになるではないか。

必死に頭を回転させて小学生受けする遊びを考えていると、玄関からチャイムの音がした。

「あっ、やっと来たのです！」

表情を輝かせ立ち上がった桐坂先輩は、足早に玄関へと訪問者を出迎えに行く。

玄関ドアが開く音がして、声が聞こえてくると、その訪問者が知り合いであることに気づく。

「ふっふっふ、実はもう一人呼んでいたのです！」

「やっほ～、楽しんでるっすか？」

玄関から戻ってきた桐坂先輩と一緒に、服部《はっとり》さんが手を振りながら部屋の中に入ってくる。

「ど、どうも」

不意打ちの美しい先輩の登場に、俺の心臓の鼓動は爆上がりだ。

餓鬼、ロリ、ロリの中で突如として美少女が合流してきたのだから俺の反応は当然のものだろう。

「鈴奈《すずな》さんお久しぶりです！」

「あれ、蒼ちゃん！　久しぶりっすね！　どうっすか、新しい環境にはもう慣れたっすか？」

「はい！　もう仲の良い友達もできました」

きゃきゃうふふする女子の姿は見ているだけでいい。

もふもふの三分の一程度は癒されるかもしれない。

「鈴奈先輩！　ボードを一緒にやるのです！」

「ボード？　あぁ、これっすか」

おや？　服部さんもこのおそるべき遊戯のことを存じているご様子だ。まさかもう被害に遭《あ》われているということだろうか。

「服部さんは、これのこと知ってるんですか？」

「ええ、これは香織《かおり》先輩が作ったボードっすね。私が入隊した当初は娘役とかメイド役なんかをよくやらされてたっす」

若干死んだ目で遠くを見つめる服部さん。一回やっただけで俺はこんなに疲労してるんだ。当時の服部さんの心労は想像に難《かた》くない。一部コア層には人気があるようだが、これはまともな人間には到達できない境地の遊びだ。

「それよりも、普通に乱闘ゲームの順位で、一位の人が最下位の人になんでもお願いを聞いてもらえるってのはどうっすか？」

「なんでも？」

「そう、萌香ちゃんのしてほしいことをなんでも言えばいいっす。まあ、常識の範囲内にしないとっすけど」

「うぅむ、なんだか面白そうなのです！」

おぉ、さすが服部さんだ。桐坂先輩の扱い方を熟知してらっしゃる。

小学生の先輩方であれば一位になったとしても可愛らしいお願いで済むだろう。それを年長組である俺と服部さんとで聞いてあげるという作戦か。完璧だな。

心強い助っ人の登場で、かなり気分が軽くなった。

服部さんを含めて改めて乱闘を始める。先輩は俺の左に、蒼は相変わらず俺の膝の上を占領していらっしゃる。

戦闘開始の合図が流れ、始まる五人乱闘。

先程と同様の展開になる。と、寸前まで俺は思っていた。

「えっ……？」

速攻で必殺コンボを喰らって即退場させられる俺のキャラ。

誰がやったのかとKOシーンのリプレイを見れば、それは服部さんが操作しているキャラだった。

おそるおそる顔を左に向ければ、一瞬だけ服部さんと目が合う。彼女は眼を薄く細めると、若干頬を染め、口角を上げて呟いた。

「なにしてもらおっかな～」

「っ⁉」

可愛いかよ！　じゃなくて、やられた……

初めから先輩はこうすることが目的だったのだ。

桐坂先輩の喜びそうなことを提案しているように見せかけ、本当は自分のやりたいことへと状況を誘導していたのだ。

乱闘の結果、一位は服部さん、二位は桐坂先輩、三位菊理先輩、四位蒼、そして最下位が俺である。

柳家兄妹は、二人して大魔王にやられてしまった。

「せ、先輩。先輩はこの順位に納得いかなかったりは……」

「ん？　萌香は二位が取れたから満足なのです！　後輩は最下位なのですね。ぷふふっ」

桐坂先輩たちがこの結果に不服を唱えれば、必殺年少組のちゃぶ台返しで有耶無耶《うやむや》にできるかもしれないと思ったが、先輩方は大変ご満悦の様子。写真におさめたいぐらいだこのやろう。

「ふふっ、じゃあ柳君。一位からのお願いっす」

「おね、がい」

「そんなに怯えなくても変なことはお願いしないっすよ。そうっすね～、柳君には私を膝枕してもらうっす！」

「えっ、膝枕ですか？」

どんなえげつないご命令が下されるかと身構えていると、思いもよらないことを告げられた。

「ほらほら座って～」

なにがなんだかわからないままに床に座る俺の膝の上に服部さんが頭を乗っける。

「おおう、萌香も後でしてほしいのです！」

「柳さんの膝だと少し高いと思いますよ」

「これは保存せねば」

普通こんなことは人前でするべきではないのだが、まだそういう観念はあまりないのか、桐坂先輩は楽しそうだと言い。蒼は俺たちの様子をスマホで連写している。

「柳君、もし手が空いてるなら頭を撫でたりなんてしちゃってくれてもいいんすよ？」

「そ、それはお願いが二つになってしまうのではないですか？」

「だからこれはお願いじゃなくて、ただの独り言っす。うっかり口から出ただけの、ひ・と・り・ご・と」

自分も恥ずかしそうに頬を赤く染めているにもかかわらず、ここまで積極的に出るとは、さすが服部さんは大胆だ。アクセルを踏みまくっている。

「で、では」

緊張しながら触れた服部さんの髪はさらさらで、凄く柔らかかった。

数分で満足した服部さんは照れながら俺から離れ、恥ずかしさを紛らわすように桐坂先輩たちに喋りかけていた。

なんてことない日曜。

いままではそうだった日が、少しだけ違った一日の話だ。

蛇足《だそく》だが、蒼が撮っていた写真はのちほど俺のスマホにも送ってもらった。

あとがき

この度は『神々の権能を操りし者』二巻をお手に取って下さりありがとうございます。

今回はSランク級の怪物が出現しかなり苦しい戦いでした。そしてついに主人公の能力が明らかになりましたね。一巻だけでは【戦神《マルス》】が能力なのではと思われたかもしれませんが、本当の能力は【超越者《トランセンダー》】、あらゆる存在に自身を昇華するという能力になります。ここでまた色々と疑問が湧いてくるかもしれませんが、それは後々明らかになるでしょう。

しかし、今回出現した怪物はSランクの中でも下位の存在にすぎません。それでもこれだけの力を有していると考えると世界が滅びていないのが不思議に思ってしまいますね。その答えが絶対者と言われる最強の八人になるのですが、今回はその一人、レオンが登場しました。彼の能力も主人公に劣らず凄まじい力を誇っているのが分かったと思います。このレベルがあと最低七人はいるということなので、人類側も大概かもしれませんね。

さて、最後になりますが、手に取って頂いた方々に今一度の感謝を。私も読み返して思いましたが、今後は描写の繊細さや臨場感をより伝えられるように精進します。鳥肌の立つような作品を目指しますので、今後もどうぞよろしくお願いいたします。

黒《くろ》

ダッシュエックス文庫

神々の権能を操りし者2
～能力数値『0』で蔑まれている俺だが、実は世界最強の一角～

黒

2022年2月28日　第1刷発行

★定価はカバーに表示してあります

発行者　瓶子吉久
発行所　株式会社　集英社
〒101-8050　東京都千代田区一ツ橋2-5-10
03(3230)6229(編集)
03(3230)6393(販売／書店専用)　03(3230)6080(読者係)
印刷所　株式会社美松堂／中央精版印刷株式会社
編集協力　法貴仁敬

ISBN978-4-08-631459-6 C0193